프리미엄 세계 명작

모비 딕
Moby Dick

허먼 멜빌 원작 | 이규희 엮음 | 유승옥 그림

지경사

머리말

가끔 배를 타고 가까운 바다로 여행을 떠날 때가 있습니다. 끝없이 펼쳐진 푸른 바다와 수평선 그리고 넘실거리는 파도와 바닷바람을 맞다 보면 어느 새 가슴이 확 트이지요. 그러다가 문득 '내 이름은 이스마엘이다.'로 시작되는 허먼 멜빌의 〈모비 딕〉을 떠올릴 때가 있습니다. 그러면 그 아름다운 바다가 갑자기 무시무시하게 느껴집니다. 깊은 바다 밑을 유유히 헤엄쳐 다니다가 어느 순간 나타나 고래잡이 배들을 공격하던 무서운 향유고래 모비 딕이 불쑥 나타날 것만 같기 때문이지요.

허먼 멜빌은 드넓은 바다를 항해하며 겪었던 자신의 경험을 되살려 고래잡이에 나선 선원들의 이야기인 〈모비 딕〉을 실감나게 그려 냈어요.

사실 〈모비 딕〉은 그 안에 담긴 고래에 관한 모든 지식들 — 고래의 생태, 고래잡이 기술, 포획한 고래의 처리 및 가공에 관한 설명 등 — 때문에 어렵게 느껴질 수도 있어요. 그럼에도 시간과 공간을 뛰어넘어 많은 사람들의 사랑을 받는 것은 한쪽 다리가 없는 '에이허브 선장'과 흰고래 '모비 딕'의 쫓고 쫓기는 모습을 통해 극적 긴장감과 재미를 주기 때문이지요. 그런가 하면 피쿼드 호에 탄 개성 넘치는 선원들, 아름다운 풍경 묘사, 그 외 다양한 흥미로운 이야기들이 독자들에게 끝없는 호기심과 함께 때로는 웃음을, 때로는 손에 땀을 쥐게 하는 긴장감을 주기도 합니다.

그렇다면 작가는 왜 에이허브 선장이 그처럼 끈질기게 모비 딕과 목숨을 건 싸움을 하도록 이야기를 풀어 나간 것일까요? 어떤 독자는 모비 딕을 향한 끝없는 복수심으로 선원들의 목숨까지도 위태롭게 만드는 에이허브 선장을 이해할 수 없을 것입니다. 그런가 하면 어떤 독자는 모비 딕을 쫓는 에이허브 선장의 그 끈기와 집념에 큰 박수를 보낼 수도 있지요. 과연 어느 쪽이 옳은지는 독자들이 판단할 일입니다.

마지막으로 여러분이 이 책을 읽으며 인간의 다양한 모습을 만나 볼 수 있기를 바라는 마음입니다. 그리고 자신이 살아가면서 만약 '모비 딕'과 같은 존재를 만난다면 어떻게 대처할 것인지 생각해 보는 것도 좋겠지요.

엮은이 **이규희**

차 례

주요 등장 인물

이스마엘
작품의 '나'로 등장해 이야기를 들려 주는 인물.
바다를 동경해 퀴퀘그와 함께 피쿼드 호의 선원으로
고래잡이에 나섰다가 잊지 못할 경험을 하게 된다.

에이허브 선장
피쿼드 호의 선장. 고래잡이를 나갔다가 모비 딕에게
한쪽 다리를 잃은 후 그에 대한 복수심에 사로잡혀
산다. 결국 피쿼드 호를 타고 끈질기게 모비 딕을
뒤쫓아 운명의 한 판 승부를 벌이게 된다.

모비 딕
눈처럼 흰 몸을 가진 거대한 향유고래.
교활하고 영리해 수많은 고래잡이 선원들의 목숨을
잃게 만들었다. 에이허브 선장의 한쪽 다리를 앗아간
고래이기도 하다.

퀴퀘그
코코보코 섬 추장의 아들로 기독교 문명을 동경해
육지로 나왔다가 작살잡이가 된 인물.
이스마엘과 친구가 되어 함께 피쿼드 호에 타게 된다.
외모는 험상궂지만 순진하고 의협심이 강하다.

스타벅

피쿼드 호의 일등 항해사로 용감하고 조심성 있는 인물.
선원들을 위험에 빠뜨리려는 선장을 설득하지만 실패하고,
결국 피쿼드 호와 운명을 같이하게 된다.

스텁

피쿼드 호의 이등 항해사. 늘 담배 파이프를 입에 물고
다니며, 고래고기 요리를 좋아한다. 스타벅과 반대로
매우 태평하며 활달한 성격을 지녔다.

플라스크

키가 작고 다부진 피쿼드 호의 삼등 항해사.
고래가 나타나면 매우 전투적이고 용감해지지만
가끔 지나친 의욕을 보이기도 한다.

패들러

에이허브 선장이 모비 딕 사냥을 위해 몰래 피쿼드 호에
태운 작살잡이. 이교도로 선원들과 잘 어울리지 않으며
모비 딕과 싸우다 결국 목숨을 잃는다.

물보라 여관

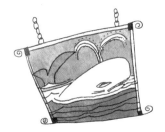

내 이름은 이스마엘이다. 몇 해 전 일이지만 — 정확하게 언제였는지는 묻지 말기 바란다 — 내 지갑은 거의 텅 비어 있었고, 육지에서 하는 일 중에는 무엇 하나 흥미를 끄는 일이 없었다. 그래서 나는 잠시 배를 타고 세계의 바다를 두루 돌아보리라 마음먹었다. 우울함을 날려 버리고, 기운을 되찾을 수 있는 가장 좋은 방법이 그것이라 여겼기 때문이다.

다행히 내가 사는 맨해튼(미국 뉴욕 중심부에 있는 섬)은 사방이 바다로 둘러싸여 있어 어느 쪽으로 가도 길은 바다로 이어져 있었다. 바닷가에는 말뚝에 기대어 서 있는 사람, 방파제 끝에 웅크리고 있는 사람, 중국에서 온 배를 바라보고 있는 사람, 좀 더 먼 바다를 보려고 돛대에 올라가 앉은 사람

등 여러 사람이 있었다.

　간혹 11월의 가랑비 내리는 날처럼 기분이 우울해질 때면 나는 배를 타고 바다로 나가 기분 전환을 하곤 했다. 그렇다고 내가 손님으로서 배를 타는 건 아니었다. 주머니 사정이 넉넉지 못한 탓도 있었지만, 바다를 제대로 느끼려면 승객보다는 신원으로서 타는 것이 더 좋다. 때로는 돛대 바로 앞에서, 갑판 바로 밑에서, 혹은 가장 높은 돛대 꼭대기에 올라가서 바다의 참맛을 온몸으로 느낄 수 있으니까.

　행여 어느 심술궂은 늙은 선장이 나에게 빗자루를 들리거나, 갑판을 닦게 한들 그게 무슨 상관이겠는가. 그만한 고생쯤 하지 않는 사람이 어디 있겠나. 게다가 선원으로 일을 하면 돈도 벌 수 있다. 승객이 돈을 받았다는 말은 들은 적이 없잖은가. 또 선원이 되면 앞쪽 갑판에서 일을 하며 언제나 바다의 맑은 공기를 마실 수 있으니 더할 나위 없이 좋다. 사실 뒤쪽 갑판에 있는 선장은 앞 갑판의 선원들이 마시고 남은 공기를 마시는 셈이다.

　나는 전에 무역선의 선원으로 몇 번 바다에 나간 적이 있다. 그러나 이번에는 고래잡이 배를 타고 싶었다. 운명이 어떻게 나를 고래잡이라는 일로 이끌었는지는 알 수 없지만, 어쨌든 그 무렵 거대하고 신비스러운 고래가 나의 호기심을 끌었다. 내 두 눈으로 고래가 섬처럼 큰 몸뚱이를 흔들며 거친 바다를 헤엄치는 멋진 모습을 똑똑히 보고 싶었기 때문이다.

며칠 후, 나는 낡아빠진 여행 가방에 한두 벌의 셔츠를 쑤셔 넣고는 맨해튼 항구를 떠나 케이프혼(혼곳)과 태평양으로 향하는 배에 올라탔다. 배가 매사추세츠 주의 뉴베드퍼드 항에 도착한 것은 12월의 어느 토요일, 진눈깨비가 추적추적 내리는 스산한 밤이었다. 나는 그 곳 앞바다에 있는 낸터키트 섬에서 고래잡이 배를 탈 작정이었다. 미국에서 맨 처음 고래를 잡아 끌어올린 바로 그 섬이었다. 하지만 도착해 보니 불행하게도 낸터키트로 가는 연락선은 이미 떠난 뒤였다. 다음 월요일까지는 그 곳으로 가는 배편이 없어서 뉴베드퍼드에서 이틀 밤을 묵어야만 했다. 나는 아는 사람도 없고 주머니 사정도 여의치 않아 난감하였다. 주머니를 샅샅이 뒤져 보아도 겨우 두세 닢의 은화밖에 나오지 않았다.

"어이, 이스마엘. 네가 어디를 가서 묵든지 먼저 숙박료부터 물어 봐야 해. 그리고 쓸데없는 말은 하지 않도록 해."

나는 가방을 어깨에 메고 혼자 중얼거리며 춥고 음산한 밤거리로 나섰다. 초조한 걸음으로 거리를 걸어가니 '작살 십자성' 여관이 보였다. 하지만 그 곳은 너무 비싸고 사치스럽다는 생각이 들었다. 조금 더 가 보니 '황새치 주막'이란 집이 나왔는데, 안에서 술잔 부딪치는 소리가 들리는 걸 보니 이 집도 비싸고 번거롭겠다는 생각이 들었다.

한참을 걷다 보니 선창가에서 그리 멀지 않은 곳에 희미한

모비 딕

불빛이 비쳤다. 그 곳에는 흰색으로 칠한 간판이 불빛에 흔들리고 있었다. 간판에는 바닷물을 분수처럼 내뿜고 있는 거대한 고래 한 마리가 그려져 있고, 그 밑에 '물보라 여관-피터 코핀'이라고 씌어 있었다. 낡은 여관은 어딘가 음산해 보였지만 매우 조용한 데다 내가 찾던 싸구려 여관이었다.

어두컴컴한 여관 안으로 들어가자 낮은 현관 한쪽 벽에 형편없이 그을려서 더러워진 큼직한 유화가 하나 걸려 있었다. 그것은 태풍을 만난 고래잡이 배의 그림이었다. 현관의 또 다른 벽에는 잔뜩 낡고 망가진 고래잡이 창과 작살들도 보였다.

을씨년스러운 현관을 거쳐 방으로 들어갔다. 한쪽에는 길고 낮은 탁자가 있고, 다른 한쪽에는 커다랗게 아가리를 벌리고 있는 고래 턱뼈가 장식되어 있었다. 나는 간신히 여관 주인을 찾아 방이 있는지 물었다.

"빈 방이 없소."

주인은 미안하다는 듯 대답하더니 다시 말했다.

"혹시 작살잡이와 같은 침대를 써도 괜찮겠소? 당신도 고래를 잡으러 떠나는 것 같은데 그런 사람하고 미리 친해 두는 것도 나쁘지 않을 거요."

나는 낯선 남자와 한 침대에서 자는 게 탐탁지 않았으나 어쩔 수 없었다. 더 이상 추운 밤거리를 헤매고 싶지는 않았기 때문이다.

"점잖은 사람이라면 나쁠 건 없소."

"좋소, 저녁밥을 준비해 줄 테니 거기 앉아 기다리구려."

나는 기다란 낡은 의자에 앉았다. 의자 끝에는 무뚝뚝하게 생긴 선원 하나가 허리를 구부리고 두 무릎 사이에서 칼로 무언가를 열심히 새기고 있었다. 언뜻 보니 돛을 달고 힘차게 달리는 돛단배를 새기는 것 같았는데, 끙끙거리는 모습이 아무래도 뜻대로 잘 되지 않는 모양이었다.

얼마 안 있어 나는 옆방에서 네댓 명의 사람들과 함께 저녁을 먹었다. 그 방은 불기 하나 없는 게 마치 아이슬란드처럼 춥고, 희미한 두 개의 촛불만 있을 뿐이었다. 우리는 할 수 없이 추위에 잔뜩 곱은 손으로 뜨거운 찻잔을 들고 마시는 수밖에 없었다. 하지만 음식은 값에 비해 생각보다 매우 푸짐했다. 고기와 감자 그리고 찐빵까지 나왔다. 저녁 식사에 찐빵이라니! 내 옆에 파란 코트를 입은 젊은 선원이 인상을 찌푸리며 게걸스럽게 찐빵을 먹기 시작했다. 그 때 여관 주인이 다가와 내게 말했다.

"오늘 밤 아마도 잠자리가 뒤숭숭할 게요."

"주인장, 저자가 아까 말한 작살잡이인가요?"

나는 찐빵을 먹는 데에 정신이 팔려 있는 젊은 선원이 듣지 못하게 목소리를 낮춰 물었다.

"아니오, 그 사람은 얼굴이 거무스름하다오. 그리고 찐빵 따위는 거들떠보지도 않고 늘 비프스테이크만 먹지. 그것도 핏기가 가시지 않은 덜 익은 것으로만 말이오."

물보라 여관

"굉장한 친구군. 그 작살잡이는 지금 어디 있소?"

"곧 나타날 거요."

나는 얼굴이 검다는 그 작살잡이와 함께 자는 것이 아무래도 마음에 걸렸다.

저녁 식사가 끝나자 하나 둘 술 마시는 방으로 들어가더니 떠들썩하게 술을 마시기 시작했다. 나는 그들의 그런 모습을 바라만 보았다. 9시쯤 되어서야 술판이 끝나고 겨우 조용해졌고, 사람들은 잠자리로 돌아갔다.

낯선 작살잡이가 돌아올 시간이 되자 내 마음은 점점 더 무거워졌다. 낯선 그자와 잘 생각을 하니 한없이 심란해져서 참다못해 여관 주인에게 말했다.

"주인장, 낯선 사람과 잠을 자려니 아무래도 내키지 않소. 그냥 이 의자에서 자겠소."

"좋을 대로 하시구려."

나는 긴 의자를 벽 쪽으로 옮겨 놓고 그 위에 누웠다. 하지만 좁은 의자는 불편하기 짝이 없었다. 창문 틈으로 한겨울의 황소 바람이 들어와 도저히 잠을 이룰 수가 없었다. 어느덧 12시가 다 되어 가고 있었다. 밖에 나가서 술을 마시던 술꾼들도 거의 다 돌아와 자기 방으로 들어갔다. 하지만 그 작살잡이는 좀처럼 모습을 나타내지 않았다.

"도대체 어떤 작자요? 언제나 이렇게 늦는 거요?"

나는 주인에게 소리쳐 물었다.

주인은 내가 무언가 모르고 있다는 듯 실실 웃으며 말했다.

"아니오. 그는 늘 일찍 자고 일찍 일어난다오. 일찍 일어나는 새가 벌레를 잡는다는 속담을 아는 듯 말이오. 하지만 오늘 밤은 가지고 나간 해골이 안 팔려서 늦는 모양이오."

"아니, 해골이 안 팔린다니? 예끼, 그런 엉터리 농담은 그만두시오."

나는 깜짝 놀라 짜증스럽게 내뱉었다.

"하하, 그렇게 화낼 것까지는 없어요. 그 작살잡이라는 사람은 얼마 전 태평양의 적도 부근에서 향유를 뿌린 뉴질랜드 원주민의 해골을 잔뜩 가지고 왔소. 대단한 골동품인데 다 팔고 딱 하나 남은 걸 오늘 밤 마저 팔아 치우려고 나간 거요. 내일은 일요일인데 교회에 가는  길목에서 해골을 파는 건 좀 꼴불견 아니겠소? 저번 주 일요일에도 양파를 네 개쯤 주렁주렁 매단 것같이 해골을 끈에 매달고 팔러 나서는 걸 내가 한사코 말렸단 말이오."

그 말을 듣자 나는 주인이 나를 놀리려고 하는 게 아님을 알 수 있었다.

"주인장의 말을 들으니 그자가 위험한 인물 같군요."

나는 떨떠름한 얼굴로 말했다.

"천만에요, 숙박비는 한 푼도 안 밀리고 꼬박꼬박 내니 조금도 위험할 까닭이 없죠. 그나저나 자정이 넘었구려. 이젠 그냥 방으로 들어가서 주무시오. 아무래도 오늘 밤에는 그가 돌아오지 않을 모양이오. 어디 다른 곳에 가서 닻을 내렸나 보오. 자, 어서 방으로 갑시다!"

주인은 벽시계를 힐끔 보며 말했다.

주인이 안내한 방은 냉기가 잔뜩 서린 작은 방이었는데, 작살잡이 네 명도 충분히 잘 수 있을 만큼 터무니없이 큰 침대가 방 한복판에 놓여 있었다.

"그럼 어서 늘어지게 한잠 푹 자시오."

주인은 세면대와 탁자를 겸한 낡은 궤짝 위에 촛불을 올려놓고 방을 나갔다.

모비 딕

퀴퀘그

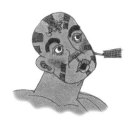

　침대는 최고급은 아니었지만 꽤 좋은 것이었다. 방 한 구석에는 뭉쳐서 처박은 그물 침대와 작살잡이용 옷을 담아 놓은 듯한 선원용 부대 자루가 있었다. 또 낚시 바늘 꾸러미가 벽난로 위의 선반에 놓여 있고, 침대의 머리맡 벽에는 커다란 작살이 하나 걸려 있었다.

　나는 낡은 가구 위에 놓인 자루같이 생긴 게 무엇인지 궁금해졌다. 호기심에 가져다가 살펴보니 그것은 몹시 무거운 데다 털이 복슬복슬하고 두꺼웠다. 도대체 어떤 모양인지 궁금하여 나는 그걸 입고 벽에 걸린 작은 거울에 비춰 보았다가 그만 소스라치게 놀라고 말았다. 세상에 태어나서 이처럼 괴상망측한 몰골은 처음이었다. 어찌나 놀랐는지 허둥지둥 옷

17

을 벗다가 목에 걸리고 말았다.

얼른 촛불을 끄고 침대로 기어들어갔다. 하지만 몸을 뒤척일 뿐 도무지 잠을 이루지 못했다. 자꾸만 해골을 팔러 갔다는 해괴한 작살잡이가 떠올랐다.

얼마쯤 지났을까? 막 잠이 들려는 순간, 복도에서 묵직한 발소리가 들리더니 문 아래쪽에서 불빛이 새어 들어왔다.

'아, 드디어 작살잡이가 돌아온 모양이군. 그 무시무시한 해골을 판다는 작자가 말이야.'

나는 꼼짝 않고 누워 숨을 죽인 채로 있었다.

 한 손에 촛불을 들고 또 한 손에는 바로 그 해골을 든 작살잡이는 내가 있는지도 모른 채 방한 구석에 촛대를 내려놓고 내게 등을 돌린 채아까 보았던 자루의 끈을 풀기 시작했다. 하지만 그의 얼굴은 좀처럼 보이지 않았다. 이윽고 그는 일을 하다가 무심코 내 쪽으로 얼굴을 휙 돌렸다.

'오, 신이시여!'

그 순간, 나는 흠칫 놀랐다. 그 광경! 그 얼굴이라니! 불빛에 비친 시커멓고 엷은 주황색이 도는 얼굴에는 군데군데 반창고 같은 네모꼴의 얼룩이 찍혀 있었다.

'음, 염려했던 대로 이 친구는 무서운 놈이다.'

나는 공연히 으스스한 기분이 들었다. 그리고 곧 얼굴에 붙은 게 반창고가 아니라 문신의 흔적임을 알 수 있었다. 나는

모비 딕

언뜻 백인 고래잡이가 식인종에게 잡혀 강제로 문신을 했다는 이야기를 떠올렸다. 이 작살잡이도 먼 바다로 나갔다가 그런 일을 당한 게 틀림없었다.

'그렇다면 걱정할 게 없잖은가. 겉모습이 흉악하다고 마음까지 깨끗하지 말란 법은 없지. 하지만 아무리 보아도 야만인 같은데.'

나는 머릿속으로 여러 가지 생각을 떠올렸다. 그 때까지도 이 도깨비 같은 작살잡이는 내가 있는 줄 모르고 있었다. 그는 자루 속에서 큰 도끼 한 자루와 바다표범 가죽 지갑을 꺼냈다. 그러고는 방 한복판에 있는 낡은 궤짝 위에 올려놓더니 그 무시무시한 해골을 자루 속에 집어 넣었다.

마침내 그는 쓰고 있던 가죽 모자를 벗었다. 그 순간, 나는 너무 놀라 하마터면 소리를 지를 뻔했다. 그의 머리에는 한 가닥의 머리카락도 없었다. 겨우 앞머리 부분에 잔털이 약간 나 있을 뿐이었다. 보랏빛이 도는 대머리는 마치 곰팡이가 잔뜩 핀 해골처럼 보였다.

나는 창문으로 도망칠까 생각해 보았지만 공교롭게도 그 방은 2층이었다. 마치 새벽 3시쯤 악마가 방으로 뛰어들어온 것처럼 나는 완전히 겁에 질리고 말았다.

그러는 동안 그는 어느 새 윗옷을 다 벗고 가슴과 팔을 드러냈다. 놀랍게도 그의 몸은 온통 얼굴에 있는 것과 같은 네모난 문신으로 덮여 있었다. 그 문신은 등과 다리까지 뒤덮고

퀴퀘그

있어서 마치 한 떼의 개구리들이 야자나무 줄기로 기어올라
가고 있는 듯 보였다.

'그렇다면 저 괴물은 남태평양의 어떤 섬에 살다가 포경선
에 실린 채 이 기독교 나라로 온 야만인 중 하나가 틀림없
다. 게다가 해골을 팔러 다니는 작자가 아닌가. 어쩌면 내
목마저 탐낼지도 모른다. 아, 저 도끼도 있잖은가.'

나는 저절로 몸이 부르르 떨렸다. 그러나 떨고만 있을 수는
없었다.

그 야만인은 좀 전에 벗어 둔 외투 주머
니에서 등에 혹이 달린 자그마한 나무 인
형을 꺼냈다. 마치 태어난 지 사흘밖에 되
지 않은 콩고 토인의 아기처럼 생긴 그 검
은 인형은 반들반들 윤이 났다.

그는 불기 없는 난로로 다가가 뚜껑을 열
고 그 인형을 장작 사이에 세워 놓았다. 그러자 인형은 콩고
의 작은 신전에 모셔진 신상처럼 보였다. 그는 주머니에서 대
팻밥을 두 움큼쯤 꺼내 그 위에 딱딱한 빵 한 개를 얹은 뒤
촛불로 불을 붙였다. 그리고 용케도 그 빵을 구워서는 후후
불어 그을음과 재를 털어 내더니 경건하게 인형 앞에 바친 다
음 기묘한 목소리로 흥얼거리며 주문을 외웠다.

이런 이상한 행동은 나를 더욱 불안하게 하였다. 이제 일을
끝낸 그가 침대로 뛰어들면 어쩌나 겁이 덜컥 났다. 내가 어

떻게 할까 망설이고 있는 사이, 그 야만인은 낡은 궤짝 위에 올려놓았던 큰 도끼를 들고 끝 부분을 자세히 살폈다. 그러다가 촛불에 갖다 대고 자루를 입에 물더니 뻐끔뻐끔 담배 연기를 내뿜었다. 그것은 담배 파이프(담뱃대)였던 것이다.

다음 순간 촛불은 꺼지고, 그 야만인은 불붙은 도끼를 입에 문 채 내가 있는 침대 쪽으로 뛰어들었다.

"으악!"

나는 기겁을 하여 비명을 질렀다.

"으흐흐, 뭐야, 뭐!"

그도 놀라서 소리를 내지르며 내 몸을 더듬었다. 나는 겁에 질려 아무 말이나 마구 지껄이며 허둥지둥 그를 피해 벽 쪽으로 달아났다. 그 역시 여전히 소리를 지르며 물었다.

"어, 어떤 놈이야? 떠들면 죽여 버릴 테다!"

그는 불이 붙은 도끼 파이프를 어둠 속에서 이리저리 마구 휘둘렀다.

"아이고, 주인장! 이봐요, 피터 코핀! 사람 살려!"

나는 주인의 이름을 소리쳐 불렀다.

야만인이 무섭게 휘둘러 대는 도끼 파이프에서는 담뱃재의 불똥이 마구 떨어졌다. 금방이라도 뜨거운 불똥이 내 속옷에 옮겨 붙을 것만 같았다. 때마침 고맙게도 여관 주인이 등불을 들고 다급하게 달려왔다. 나는 그에게 바짝 다가섰다.

"무서울 것 없어요. 이 퀴퀘그는 머리카락 하나도 건드리지 않을 사람이란 말이오."

주인은 실실 웃으며 말했다. 나는 화가 나서 소리를 버럭 질렀다.

"그 따위 쓴웃음일랑 집어치워요! 저 작살잡이가 식인종이라는 걸 왜 말하지 않았소?"

"아니, 나는 당신도 알고 있는 줄 알았소. 아까 해골을 팔러 나갔다고 말씀드리지 않았습니까? 하지만 괜찮으니 어서 침대에 가서 주무시구려."

주인은 히죽히죽 웃으며 능청을 떨었다. 그러더니 우리 나라 말에 서툰 그 야만인을 보고 타이르듯 말했다.

"이봐, 퀴퀘그, 너는 나를 알고 있지? 난 너를 알고 있고. 이분은 오늘 너와 같이 자는 거야. 알았지?"

"알았어. 당신, 들어와."

퀴퀘그는 언제 그랬냐는 듯 도끼 파이프에서 연기를 내뿜으며 친절하게 말했다. 생김새도 무섭고 문신도 많이 하고 있었으나 마음씨는 한없이 착해 보였다.

'그도 나와 똑같은 인간이다. 내가 그를 무서워한 것처럼 그도 나를 무서워하는 건 당연한 일이 아닌가. 술에 잔뜩 취한 기독교인과 자는 것보다는 차라리 정신이 멀쩡한 식인종과 자는 편이 나을 거야.'

이렇게 생각한 나는 주인에게 말했다.

"주인장, 이 도끼, 아니 그 담배 파이프 좀 치우라고 말해 줘요. 그리고 담배도 좀 그만 피우라고 말해 주구려. 그러면 난 함께 자겠소."

그 말을 전해 듣자 야만인은 당장 파이프의 불을 껐다. 그리고 다시 상냥하게 나를 침대로 불러들이더니 자신은 침대 한쪽 옆으로 몸을 돌려 누웠다.

"잘 자요. 주인장, 이제 가도 좋아요."

나는 그제야 안심을 하고 침대로 들어가 잠을 잤다.

이튿날 아침 눈을 떠 보니 잠들어 있는 퀴퀘그의 한쪽 팔이 다정스럽게 내 몸 위에 얹혀 있었다. 나는 목이 졸리는 것 같아 벗어나려 했으나 그는 꿈쩍도 하지 않았다.

"이봐, 퀴퀘그. 부탁이야, 좀 일어나 줘!"

나는 그를 흔들어 깨웠다. 잠시 후 그는 마치 물에서 막 올라온 뉴펀들랜드 종 개처럼 온몸을 부르르 떨며 벌떡 일어나 앉아 눈을 비비면서 말했다.

"내가 먼저 준비하고 방을 비워 줄 테니 천천히 준비하고 나오시오."

그는 마룻바닥으로 뛰어내려 손짓 발짓을 해 가며 아주 예의바르게 말했다. 나는 그대로 누워 퀴퀘그의 몸차림을 지켜보았다. 그런데 이상하게도 그는 머리부터 몸치장을 하기 시작했다. 어젯밤에 쓰고 온 비버 가죽 모자를 쓰고, 바지를 입기 전에 장화를 신는 것이었다. 그것도 누가 보면 예의에 어긋나기라도 한다는 듯 침대 속으로 들어가 끙끙대며 신고는

퀴퀘그

방 안을 쾅쾅거리면서 돌아다녔다. 아무래도 쇠가죽 장화가 발에 작은 모양이었다.

그런 다음 그는 모자와 장화를 빼면 거의 알몸인 채로 방 안을 돌아다녔다. 나는 그에게 제발 옷 좀 입어 달라고 애원하였다. 그는 내 말을 받아들였다. 그리고 세수는 하지 않고 가슴과 손과 팔만 씻었다. 그 다음에는 얼굴에 온통 비누 거품을 내더니 고래잡이용 작살에서 칼날 하나를 빼 장화에 쓱쓱 갈았다. 그러더니 그 작살을 가지고 벽에 걸린 작은 거울을 보며 기세 좋게 수염을 깎기 시작했다. 면도라기보다는 얼굴에 작살질을 하는 듯이 보였다.

이윽고 몸단장이 끝나자 그는 큰 선원용 외투를 입고 작살을 지휘봉처럼 휘두르며 의기양양하게 방에서 나갔다.

나도 서둘러 옷치장을 하고 내려가 여관 주인과 기분 좋게 아침 인사를 나눴다. 그 곳은 지난 밤의 숙박객들로 꽉 차 있었다. 그들은 일등 항해사, 이등 항해사, 삼등 항해사, 목공, 조타수, 작살잡이 등 거의가 고래잡이로, 하나같이 그을린 구릿빛 피부에 북슬북슬한 털을 지니고 있는 거친 뱃사람들이었다.

"자, 식사요!"

여관 주인이 문을 열고 소리치자 모두들 우르르 식당으로 몰려갔다. 나는 은근히 고래잡이에 관한 재미있는 이야기를 기대하고 있었다. 하지만 모두 한 마디도 하지 않고 그저 묵묵히 밥만 먹을 뿐이었다. 바다에서 큰 고래와 싸움을 하고 돌아온 용감한 선원들이 마치 우리를 떠난 새끼양처럼 수줍은 표정을 하고 있었다.

퀴퀘그는 식탁 맨 윗자리에 얼음처럼 차가운 표정으로 앉아 있었다. 게다가 아침 식사 자리에 작살을 가지고 나와서는 모두를 위협하듯 작살을 휘둘러 탁자 위의 비프스테이크를 끌어당기는 등 예의에 어긋나는 행동을 하였다. 빵과 커피 같은 건 거들떠보지도 않고 오로지 비프스테이크에만 정신을 쏟더니, 식사를 마치자 도끼 파이프에 불을 붙여 의젓하게 담배를 피웠다.

나는 식사를 마친 후 거리 구경을 하기 위해 밖으로 나왔다. 사실 이번에 나는 퀴퀘그 같은 사람이 문명 사회에 섞여 있다는 걸 알곤 가슴이 섬뜩했는데, 뉴베드퍼드 거리에는 그런 이상한 사람들이 한둘이 아니었다.

여럿이 모여 떠들고 있는 길모퉁이에는 피지 섬 사람, 통가 섬 사람, 에어망고 사람, 판낭 사람 등 폴리네시안(태평양 중남부에 펼쳐져 있는 여러 섬의 주민) 야만인이 득실거리고 있었다. 뿐만 아니라 버몬트나 뉴햄프셔 산골 숲 속에서 나무꾼 노릇을 하기보다는 고래잡이로 한 밑천 잡아 보겠다고 모인 백인 젊은이들도 꽤 있었다. 그들은 비버 가죽 모자에 선원용 가죽띠를 허리에 매고 칼집에 칼을 차는 등 잔뜩 멋을 부린 모습이었다.

퀴퀘그

나는 고래잡이 선원들을 위해 세워진 교회로 들어갔다. 선원들이 인도양이나 태평양 등 먼 바다로 고래잡이를 나가기 전에 자신의 안녕을 빌고 마음의 안정을 찾기 위해 들르는 교회였다. 얼마 전까지 맑게 개었던 하늘에선 진눈깨비가 내리고 사나운 바람이 몰아치고 있었다. 나는 털 재킷으로 몸을 감싼 채 교회로 걸어갔다. 교회 안에는 뱃사람들과 그들의 아내 그리고 바다에서 남편을 잃은 여자들이 드문드문 앉아 있었다.

나는 모자와 외투에서 진눈깨비를 털어 내고 들어가 문 가까이에 앉았다. 그런데 무심코 옆을 돌아보니 뜻밖에도 내 가까이에 퀴퀘그가 앉아 있는 게 보였다. 그는 교회의 엄숙한 분위기에 감동했는지 호기심에 차서 여기저기를 둘러보았다.

설교 시간이 되자 나이가 지긋한 노인 하나가 설교단으로 올라왔다. 그는 바로 고래잡이하는 사람들 사이에서 가장 존경받는 매플 신부였다. 그는 젊었을 때는 선원이자 작살잡이였으나 지금은 성직자였다.

매플 신부는 성경에 나오는 '요나' 이야기를 들려 주었다. 하나님의 말씀에 어긋나는 짓을 했다가 큰 물고기 뱃속에 들어가서 3일 동안 지내다 기적적으로 살아나 사명을 완수했다는 내용이었다.

지루한 설교를 끝까지 듣고 여관으로 돌아와 보니 퀴퀘그

모비 딕

는 이미 와 있었다. 그는 난롯가에 앉아서 검은 인형을 정성 껏 닦아 주며 요리조리 살피다가 내가 들어가자 얼른 인형을 치우고는 식탁 쪽으로 갔다. 그리고 거기 있던 큰 책을 꺼내 책장을 열심히 넘기기 시작했다. 그런데 그는 50페이지를 넘 길 때마다 잠깐 쉬면서 놀랍다는 듯이 숨을 들이쉬었다가 휘 파람을 길게 부는 행동을 되풀이했다. 아무래도 50까지밖에 수를 세지 못하는 듯 보였다.

그의 그런 동작에 흥미를 느낀 나는 앉은 채로 계속 그를 지켜 보았다. 그의 얼굴과 몸은 비록 문신투성이였지만 순수 하고 정직한 마음씨가 어렴풋이 드러나 보이는 듯하였다. 나 는 이상하게도 이 야만인에게 마음이 끌렸다.

'좋아, 이 이교도와 친구가 되자.'

나는 그에게 다가가 다정한 말투로 어젯밤에 침대를 빌려 줘서 고마웠다고 말을 걸었다. 퀴퀘그는 어리둥절한 눈빛으 로 나를 보더니 물었다.

"오늘 밤에도 함께 자는 거요?"

"물론이오."

그는 내 말을 듣고 기분이 좋다는 듯 어린 아이처럼 씩 웃 었다. 내가 담배를 같이 피우자고 하자 그는 도끼 파이프를 꺼내 한 모금 피우라고 권했다. 이렇게 담배를 나누어 피우는 동안 나와 퀴퀘그는 꽤 가까운 친구가 되었다. 그와 나는 손 짓 발짓을 해 가며 이런저런 이야기를 나누었다.

퀴퀘그는 먼 서남쪽 끝, 지도에도 나와 있지 않은 코코보코라는 아주 작은 섬나라에서 추장의 아들로 태어났다고 했다. 아버지는 그 곳의 왕인 대추장이었고 삼촌은 대사제, 이모들은 용감한 전사들의 아내였다. 그의 몸에는 훌륭한 왕족의 피가 흐르고 있는 셈이었다.

어린 퀴퀘그는 이따금 나타나는 고래잡이 배 따위에는 만족을 못 하고, 어딘가 있을 기독교 나라에 대해 알고 싶은 강한 열망을 지니고 있었다.

그러던 어느 날, 뉴욕 주 롱아일랜드의 새그 항에서 온 배가 코코보코의 한 항구로 들어왔다. 퀴퀘그는 통나무 배를 타고 멀리 해협까지 나가서 그 배가 돌아가기를 기다렸다가 밧줄을 타고 갑판으로 올라갔다.

"당장 내려가지 못할까? 그렇지 않으면 바다에 던져 버리겠다!"

선장이 단검을 든 채 협박했지만 퀴퀘그는 왕의 아들답게 눈 하나 까딱하지 않았고, 선장은 퀴퀘그의 당찬 모습에 감동하여 배에 순순히 태워 주었다. 그 후 퀴퀘그는 선원들과 어울려 고래잡이가 되어 버렸다. 그는 기독교 나라의 여러 가지 앞선 문물을 배워 장차 코코보코 백성들에게 알려 줄 생각만을 하며 지냈다.

그러던 어느 날, 퀴퀘그는 기독교인들 중에는 아버지가 다스리는 나라의 이교도들보다 더 악하고 추한 사람들이 많다는 걸 알게 되었다. 그는 가엾게도 절망에 빠지고 말았다.

'아, 어디를 가더라도 세상은 악하다. 그렇다면 나는 차라리 이교도의 삶을 지키리라.'

그러나 고향을 떠나 오랜 세월을 보내는 동안 퀴퀘그는 이미 자기도 모르게 그들의 옷을 입고 같이 지껄이며 그들의 기묘한 풍습을 익혀 왔음을 깨달았고, 마치 자신의 몸이 더럽혀진 느낌이 들었다고 한다.

"고향으로 돌아가서 아버지의 뒤를 이어 추장이 되는 건 어떻소?"

나는 그가 늙은 아버지를 대신하여 왕관을 물려받을 생각은 없는지 물었다.

"내 몸이 깨끗해졌다는 자신이 생기면 돌아갈 작정이오. 그 동안은 좀 더 고래잡이 배를 탈 셈이오."

퀴퀘그는 좀 더 작살잡이 노릇을 하며 넓은 바다를 마음껏 항해하고 싶다고 하였다.

"나도 낸터키트에서 고래잡이 배를 탈 작정이오."

"그게 정말이오? 그렇다면 나와 같이 배를 타고 운명을 함께하는 동지가 되는 건 어떻소?"

퀴퀘그는 기뻐하며 나를 끌어안고 이마를 비벼대더니 불을 껐다. 우리 두 사람은 각자 떨어진 채로 이내 잠이 들었다.

퀴퀘그

낸터키트에서

다음 날 아침, 퀴퀘그는 향유를 뿌린 해골을 가발 거는 받침대로 쓰라며 이발소에 팔아 넘긴 뒤 그 돈으로 나와 자신의 숙박비를 치렀다. 여관 주인과 다른 사람들은 우리의 갑작스러운 우정에 놀란 듯 의아한 눈으로 쳐다보았다.

우리는 외바퀴 수레를 빌려 나의 초라한 여행 가방과 퀴퀘그의 자루, 그물 침대 그리고 다른 짐을 싣고서 낸터키트를 오고가는 우편선인 작은 배 모스 호에 올랐다. 나와 퀴퀘그는 뱃전에 나와 코를 벌름거리며 거칠고 시원한 바닷바람을 마음껏 들이마셨다.

그 때 산골에서 올라온 게 틀림없는 풋내기들이 퀴퀘그의 등 뒤에서 우리를 보며 조롱을 하고 있었다. 퀴퀘그는 작살을 바닥에 내려놓더니 그 중 한놈을 붙잡아서는 매우 날쌔고 무시무시한 힘으로 높이 집어던졌다. 그 사내는 공중에서 한 바퀴 돌더니 갑판으로 엉덩방아를 찧으며 떨어졌다. 그는 간신히 일어나더니 죽는 소리를 내며 달려가서 소리쳤다.

"선장님, 선장님! 여기 악마가 있어요!"

선장이 성큼성큼 퀴퀘그 쪽으로 다가와 호통을 쳤다.

"이것 봐, 자네 대체 무엇 때문에 그런 짓을 하는 건가? 저 젊은이를 죽일 뻔했잖은가?"

"무슨 말을 하는 거지?"

퀴퀘그는 돌아서며 내게 물었다.

"자네가 저 사내를 죽일 뻔했다는 거야."

나는 아직도 벌벌 떨고 있는 풋내기를 가리키며 말했다.

"하하하, 내가 저걸 죽인다고? 저놈은 작은 고기야. 퀴퀘그는 작은 고기는 죽이지 않아. 퀴퀘그는 큰 고래만 죽여!"

퀴퀘그는 문신투성이의 얼굴을 찌푸리며 경멸하듯 말했다.

"이 야만인 놈아! 다시 한 번 이 배 위에서 그런 짓을 했다가는 죽여 버릴 테다. 조심해!"

선장은 고함을 질렀다. 그런데 때마침 갑자기 불어닥친 폭풍에 그만 돛대의 밧줄이 끊어지고 거대한 돛대 가름대가 건들건들 흔들리더니 순식간에 뒤쪽 갑판 전체를 휩쓸어 버렸다. 그 와중에 퀴퀘그에게 호된 꼴을 당한 그 사내가 돛대에 밀려 바다에 빠지고 말았다. 선원들은 놀라서 난리법석을 떨

었지만 누구 하나 감히 나서서 돛대를 세우지도, 바다로 떨어진 사내를 구하지도 못했다.

그 때였다. 갑자기 나의 야만인 친구 퀴퀘그가 웃통을 벗어 던지고는 멋진 포물선을 그리며 바다로 뛰어들었다. 모습이 보이지 않던 퀴퀘그는 잠시 후 긴 팔을 뻗어 하얀 물살을 가르며 헤엄쳤다. 그리고 다시 물 속으로 들어가더니 잠시 후 한 팔로 정신을 잃은 사내를 껴안고 나왔다. 내려놓은 보트가 두 사람을 끌어올렸다.

"와아, 정말 훌륭하다!"

선장은 물론 모두 입을 모아 칭찬을 하였다. 하지만 퀴퀘그는 아무 일도 없었다는 듯 그저 소금기를 씻어 낼 맑은 물을 달라고 했을 뿐이었다. 잠시 후, 퀴퀘그는 옷을 갈아입고는 담배를 피워 물었다. 그 모습은 마치 '온 세상 사람들은 언제 어디서나 서로 돕고 사는 게 아니겠어? 그러니까 우리 식인종들도 기독교인을 돕는 게야.'라고 말하는 듯 보였다.

그 사건 이후 나는 배 밑바닥에 달라붙어 있는 조개처럼 멋지고 용감한 퀴퀘그와 떨어지지 않으리라 생각했다.

그 뒤로는 별로 이렇다 할 사건이 없었다. 무사히 항해를 마친 모스 호가 낸터키트에 닿았을 때는 밤이 이슥해진 후였다. 우리는 피터 코핀이 소개해 준 '냄비집'이라는 여관을 찾아갔다. 잔뜩 허기가 졌던 우리는 푸짐한 저녁 식사를 마치고 안내를 받으며 침실로 올라갔다.

낸터키트에서

침실에 도착해 침대 위에서 내일의 계획을 세우려는데 퀴퀘그가 어처구니없는 말을 했다. 자신의 우상인 요조(퀴퀘그가 모시는 검은 인형)에게 물어 보았더니 우리가 탈 배는 내가 정해야만 한다고 대답했다는 것이다.

"아니, 뭐라고?"

고래잡이 배를 선택하는 일을 경험이 많은 퀴퀘그에게 맡기려 했던 나는 당황스러웠다. 하지만 퀴퀘그는 자신이 섬기는 검은 우상의 말을 전적으로 믿고 있어 내가 아무리 거절해도 듣지 않았다.

다음 날 아침, 퀴퀘그는 그 날 하루는 단식을 하며 요조에게 죄를 뉘우치고 기도를 올리는 날로 정했다며 방 안에서 꼼짝하지 않았다. 나는 하는 수 없이 고래잡이 배를 알아보러 선창가로 나갔다. 선창에는 3년 항해 예정인 고래잡이 배가 세 척 있었다. 마녀 호, 감로 호, 피쿼드 호였다.

나는 마녀 호, 감로 호를 둘러본 후 마지막으로 피쿼드 호

의 갑판에 올라가 여기저기를 둘러보았다. '피쿼드 호'는 지금은 멸망해 버린 매사추세스 주의 유명한 인디언 부족 이름이라고 했다. 매우 낡고 조그만 구식 배였지만 사대양의 태풍과 잔잔한 물결을 견뎌 내고, 비바람을 맞아 낡은 선체의 빛깔은 시베리아를 쏘다니며 싸운 프랑스 척탄병(적에게 폭탄을 던지

는 병사)처럼 거무스름한 게 어딘가 기품 있어 보였다. 그리고 낡은 갑판은 순례자가 예배하는 캔터베리 성당의 닳아빠진 돌바닥처럼 보였다. 나는 고상하면서도 어딘가 음침한 느낌이 드는 피쿼드 호가 마음에 들었다.

나는 항해를 신청하기 위해 책임자를 찾았다. 그리고 큰 돛대 뒤의 기묘한 천막 안에 있는 근육과 골격이 제법 다부져 보이는 한 노인을 찾아 냈다.

"피쿼드 호의 선장이신가요?"

"내가 피쿼드 호 선장이라 치고, 그래 나한테 무슨 볼 일이라도 있는가?"

노인은 퉁명스레 물었다.

"고래잡이 배를 타고 싶어서 온 사람입니다."

"배를 타고 싶다? 허허, 자넨 이 낸터키트 사람이 아닌 것 같군. 한물 간 배를 타 본 적이 있나?"

"없습니다."

"고래잡이에 대해 전혀 모르는 것 같은데, 어떤가?"

"네, 모릅니다. 하지만 금방 익힐 수 있을 겁니다. 상선을 몇 번 타 본 적이 있으니까요."

"상선 따위를 몇 번 타 본 걸 가지고 우쭐대며 말하는군. 그런데 대체 왜 고래잡이 배를 타려는 게지? 당신 해적 아냐? 아니면 선장의 물건이라도 훔쳐서 도망 왔나?"

"전혀요. 저는 고래잡이 생활이 어떤지 알고 싶어서 그럼

니다. 그리고 온 세계를 돌아보고 싶기도 하고요."

"고래잡이에 대해 알고 싶다? 그럼 자네 에이허브 선장을 본 적이 있나?"

"에이허브 선장이 누군데요?"

"내 그럴 줄 알았지. 그가 바로 이 배의 선장이라네. 아, 나는 필레그 선장이야. 빌대드 선장과 함께 피쿼드 호의 항해 준비가 다 되었는지, 선원들은 다 모였는지 그런 일을 도와주고 있지. 우리 두 사람이 이 배의 공동 선주거든. 자네가 고래잡이가 어떤지 알고 싶다고 했는데 배가 떠난 뒤에는 꽁무니를 빼고 싶어도 이미 엎질러진 물이니, 그 전에 에이허브 선장을 만나 보도록 하게. 그 사람은 다리가 하나밖에 없다네."

"다리가 하나라뇨? 고래한테 물리기라도 했나요?"

"물린 정도가 아니지. 엄청나게 큰 향유고래가 다리를 덥석 물고 비틀어 내던져 버렸단 말일세. 그 때처럼 고래가 배를 마음대로 가지고 놀다시피 한 적은 내 생전 처음이었지. 아, 생각만 해도 몸서리가 쳐지는군!"

노인은 진저리를 쳤다.

"정말 무시무시한 일이군요. 전 이제까지 상선을 네 번 탄 경험이 있지만 그런 일은……."

"그 따위 상선 이야긴 집어치우라는 말 벌써 잊었나? 좋아! 그렇다면 자네 산 고래의 목에 작살을 찌르고 그놈 위에 올라탈 수 있겠나? 어서 말해 보게."

"꼭 그렇게 해야만 할 일이 벌어진다면 그렇게 하겠습니다. 실제로 그런 일은 없으리라 생각합니다만."

"좋아, 자네 결심이 정 그렇다면 내가 졌네. 서류에 이름을 써 넣어야지. 이리로 오게."

필레그 선장은 무시무시한 이야기를 더 들려 주었으나 내가 포기할 기미를 보이지 않자 나를 선실로 데리고 갔다.

갑판 아래의 선실로 내려가자 이상하게 생긴 사람이 앉아 있었다. 바로 필레그와 공동 선주인 빌대드 선장이었다. 그는 은퇴한 부유한 고래잡이로, 선원 시절에는 매우 인정없고 잔인한 우두머리였으며, 선장이 되어서도 선원들을 고되게 부려먹기로 유명한 사람이었다.

"이 친구가 이 배에서 일하고 싶다는군."

필레그 선장이 빌대드 선장에게 나를 소개했다. 그리고 배의 서류를 꺼내 책상 쪽에 앉으며 물었다.

"빌대드 선장, 저 젊은이에게 어느 정도의 배당을 줄까?"

"자네가 잘 알고 있지 않나."

빌대드 선장은 음침한 목소리로 말했다. 고래잡이 배에서는 급료를 주지 않는 대신 이익금을 일의 주요도에 따라 나눠 주었다. 그래서 이 배에는 돈을 투자한 주주들이 아주 많았다. 늙어서 연금을 받는 사람, 보호자가 있는 어린이나 남편을 잃은 부인 등 다양한 사람들이 있었다. 물론 필레그, 빌대드 두 선장도 마찬가지였다. 그들은 나에 대한 배당금을 두고 의견을 나눴고, 마침내 그럭저럭 만족할 만한 수준의 배당금이 정해졌다.

"그런데 필레그 선장님, 저 말고 친구 한 사람이 더 이 배를 타고 싶어하는데 내일 데려와도 괜찮을까요?"

"고래잡이를 해 본 적이 있는 친구인가?"

"그럼요, 셀 수 없이 많이 잡아 본 친구입니다."

"좋아, 데려오도록 하게."

나는 서명을 하고 배에서 내렸다. 생각보다 일이 잘 풀리는 걸 보니 퀴퀘그가 섬기는 요조가 도와 준 모양이었다.

'옳지, 항해를 떠나기 전에 선장을 만나 보는 게 좋겠군.'

나는 다시 배로 돌아가 필레그 선장에게 에이허브 선장이 있는 곳을 물었다.

"에이허브 선장을 만나고 싶다고? 지금은 그를 만날 수가 없네. 무슨 일인지 아무도 만나려 하질 않아. 좀 괴짜이긴 하지만 나쁜 사람은 아닐세. 아마 자네도 좋아하게 될 거야. 게다가 그는 대학에 다닌 적도 있고, 식인종과 함께 지낸 적도 있다네. 아무튼 그는 보통 사람이 아냐."

"구약 성경에 에이허브(Ahab, 아합)라는 왕의 이름도 나오는데요. 아주 나쁜 왕이었지요."

나는 무심코 말을 내뱉었다. 그러자 필레그 선장이 갑자기 목소리를 낮춰 말했다.

"이봐, 그런 말을 피쿼드 호에서 해선 안 되네. 그 이름을 붙인 건 그의 어머니지만 그는 에이허브 왕처럼 나쁜 사람이 아닐세. 나는 에이허브 선장과 항해사 시절부터 배를 같이 탄 적이 있기 때문에 그가 어떤 사람인지 누구보다 잘 알지. 다만 저번 항해에서 다리 하나를 잃은 후, 늘 침울한 얼굴을 하고 불쑥 화를 내는 건 사실이지만 말일세. 분명히 말해 두겠네만, 성질이 좀 괴팍하더라도 일 잘 하고 능력 있는 선장 밑에 있는 게 자네에게 훨씬 좋은 일이라는 거야. 게다가 그는 아름다운 아내도 있고, 귀여운 아들도 있는 가정적인 사람이라네."

나는 외다리 선장 에이허브에 대해 막연한 두려움과 기대감을 안고는 배에서 내렸다.

피쿼드 호를 타고

　다음 날 아침, 아침밥을 먹은 나와 퀴퀘그는 넙치 뼈로 이를 쑤시면서 여관을 나섰다. 작살을 둘러멘 퀴퀘그와 내가 피쿼드 호에 도착하자 갑판에 있던 필레그 선장이 소리쳤다.

　"자네 친구가 식인종인 줄은 몰랐네! 자, 어서 타게. 그런데 저 친구, 기독교 신자라는 걸 증명하는 서류는 있나? 식인 야만인들은 그게 있어야 배를 탈 수 있네."

　낸터키트에서 고래잡이를 하는 야만인, 이른바 이교도들은 대부분 기독교로 개종을 하였다.

　"물론이지요. 제1교회의 신자입니다."

　"그게 정말인가? 세례는 언제 받았지?"

　필레그 선장이 퀴퀘그를 보며 물었다. 그 때 천막 안에 있던 빌대드 선장이 밖으로 나와 뱃전에 몸을 기댄 채 퀴퀘그를 유심히 살피며 외쳤다.

"이봐, 설마 우릴 속일 생각은 아니겠지? 내가 일요일마다 그 앞을 지나갔지만 자네 얼굴은 본 적이 없단 말씀이야."

나는 한 발 나서서 한 마디 했다.

"어느 교회 소속인지가 그렇게도 중요합니까? 퀴퀘그는 누가 뭐래도 경건한 생활을 하는 신앙인입니다."

"젊은이! 자넨 뱃사람보다는 선교사가 되어 배에 올라타는 게 낫겠군. 좋아, 서류 따윈 신경 쓸 것 없어. 어서 배에 타게나. 퀴퀘그라고 했나? 그 작살 한번 근사하구먼. 뱃머리에 서서 그 작살로 고래를 찔러 본 적이 있나?"

필레그가 웃으며 말했다. 그 때까지 한 마디도 하지 않던 퀴퀘그는 대답도 없이 거칠게 뱃전에 뛰어올라 뱃전에 매어 놓은 고래잡이 보트로 냉큼 뛰어내렸다. 그리고 왼쪽 무릎으로 딱 버티고 서서 작살을 겨누며 큰 소리로 외쳤다.

"선장, 저쪽 물 위에 떠 있는 조그만 기름 방울이 보입니까? 저걸 고래의 한쪽 눈이라고 합시다. 알겠소? 에잇!"

퀴퀘그가 고함 소리와 함께 휙 하고 작살을 내던졌다. 작살은 눈 깜짝할 사이에 빌대드의 차양 넓은 모자 바로 위를 지나 반짝이던 기름 방울을 정확히 맞혔다.

"어떻습니까? 저 기름 방울이 고래의 눈이라면 그 고래는 죽었습니다."

피쿼드 호를 타고

작살이 자기 머리 위로 지나간 것에 놀라서 선실 입구 쪽으로 비켜 서 있던 빌대드는 눈이 휘둥그레졌다.

"자, 어서 서둘러 서류를 쓰자고. 저 고슴도치, 아니 퀴퀘그 녀석은 우리 배에 꼭 필요한 선원이야. 급료는 낸터키트의 작살잡이들 중에서 최고로 쳐 주지."

이렇게 해서 우리는 선실로 내려갔다. 나는 퀴퀘그와 같은 조에 속하게 되어 매우 기뻤다. 같은 배를 타게 된 나와 퀴퀘그는 잠시 배에서 내려 부둣가를 거닐었다. 그 때였다.

"여보게 친구들, 저 배를 탈 건가?"

색 바랜 재킷에 꿰맨 바지를 걸친 초라한 옷차림을 하고, 얼굴에는 곰보 자국이 잔뜩 있는 낯선 사내가 다가와 물었다.

"그렇소. 방금 계약을 끝내고 오는 길이오."

"그렇다면 아직 그 고약한 벼락 영감을 못 만난 모양이군."

"벼락 영감이라뇨?"

"에이허브 선장 말일세. 우리 같은 고참 선원들 사이에서는 그 이름으로 통하지."

"못 만났소. 아직 아픈 모양이지만 점점 나아지고 있다더군요."

"호호, 에이허브 선장이 낫는다면 내 이 왼쪽 팔도 예전처럼 되겠지. 그나저나 그 선장이 어떤 사람이라고 들었지?"

모비 딕

"잘은 모르지만 훌륭한 고래잡이에다 좋은 선장이라고 하더군요. 얼마 전 향유고래에게 한쪽 다리를 잃기는 했지만 말이오."

"하하, 다 알고 있다니 다행이구먼. 게다가 계약을 했다니 이제 모든 건 결정이 되고 만 거야. 누군가는 함께 배를 타고 그를 반드시 따라가야 할 테니까. 아무쪼록 하나님의 은총이 함께하길 빌겠소."

"이봐요, 도대체 당신 이름이 뭐요?"

나는 은근히 부아가 치밀어서 물었다.

"일라이저."

사내는 내뱉듯 말하고는 돌아서서 가 버렸다. 나는 떨떠름한 기분으로 천천히 부두를 걸었다. 그런데 무심코 뒤를 돌아보니 일라이저는 멀찌감치 떨어져서 우리를 따라오다가 시치미를 뚝 떼고 그냥 지나가 버렸다.

'참 이상한 노인이군.'

나는 막연한 불안감을 느끼며 속으로 중얼거렸다.

하루 이틀 지나는 동안 피쿼드 호 갑판은 출항 준비로 매우 부산스러워졌다. 필레그 선장과 빌대드 선장도 항해에 필요한 물자를 꼼꼼히 점검하는 등 바쁘기 그지없었다. 항해를 하는 3년 동안 선원들이 먹어야 할 고기, 빵, 물을 비롯해서 보트, 연료, 목재, 밧줄과 작살, 약 등 실어야 할 물건이 산더미 같았다.

피쿼드 호를 타고

이렇게 준비가 진행되는 동안 나와 퀴퀘그는 매일 배를 찾아가 준비가 잘 되고 있는지, 언제쯤 배가 출항하는지 물었다. 여전히 에이허브 선장의 모습은 보이지 않았다.

며칠 후 우리는 배가 출항한다는 연락을 받았다. 새벽 6시, 퀴퀘그와 나는 아직 잿빛 안개가 낀 부둣가로 걸어갔다. 안개 속에서 우리보다 앞서 바삐 걸어가는 사람이 한 명 보였다. 나는 퀴퀘그를 재촉하여 걸음을 빨리했다.

"잠깐."

그 때 누군가가 억센 손아귀로 우리 어깨를 움켜잡았다. 일라이저였다.

"끝내 저 배를 타려는 건가?"

"물론이오. 제발 부탁인데 우리를 귀찮게 하지 마시오."

나는 그의 손을 뿌리치고는 앞서 걸었다. 일라이저는 어느 틈엔가 다가와서 은근히 물었다.

"자네, 방금 전에 사람 모습을 한 형체가 저 배 쪽으로 가는 걸 보았나?"

"어두워서 확실치는 않으나 네댓 명 되는 것 같소."

"잘들 가시오."

우리는 그와 헤어져 다시 걷기 시작했다. 그런데 얼마 후 그는 또다시 우리를 뒤쫓아오더니 말했다.

"지금은 그것들이 보이는지 잘 살펴보게."

"도대체 왜 자꾸 귀찮게 구는 거요?"

"난 그저 신중히 생각하라고 충고를 해 주는 것뿐일세. 그러나 이미 저 배를 타기로 했다니 됐네, 됐어. 다음에 만날 때는 심판의 날이 될지도 모르지만. 아무튼 잘 가게."

내가 다그치자 그는 이상한 소리를 해대며 떠났다.

마침내 우리는 피쿼드 호에 올랐다. 하지만 이상하게도 갑판은 사람 그림자 하나 없이 조용하기만 했다. 선실 문은 자물쇠로 잠겨 있고, 뱃머리의 선원들 방에는 늙은 선원이 상자 두 개를 나란히 놓고 그 위에서 잠들어 있었다.

"퀴퀘그, 아까 본 사람들은 다 어디로 간 걸까?"

나는 자고 있는 선원을 보며 중얼거렸다. 그러나 놀랍게도 퀴퀘그는 사람 그림자도 본 적이 없다고 하였다. 그러고는 도끼 파이프를 꺼내 담배를 피우기 시작했다. 좁은 방 안에 담배 연기가 가득 차자 잠자고 있던 늙은 선원이 콜록거리며 일어났다.

"여기서 담배를 피우는 사람이 대체 누구요?"

"이 배를 탈 사람들이오. 배는 언제 떠나는 거요?"

"어젯밤 에이허브 선장이 배에 탔으니 오늘은 떠날 게요."

내가 에이허브 선장에 대해 좀 더 물어 보려 할 때, 갑판에서 인기척이 들렸다. 그러자 그가 말했다.

"이키! 일등 항해사 스타벅이 일어난 모양이군. 힘 좋은 일등 항해사야. 착하고 신앙심이 깊은 사람이지. 자, 어서 갑판으로 나갑시다."

피쿼드 호를 타고

우리는 그를 따라 갑판으로 나갔다. 이미 날이 환하게 밝아 있었다. 선원들은 두세 명씩 무리를 지어 배에 올라탔다. 항해사들도 바빠진 것 같았다. 하지만 에이허브 선장은 자기 방에 틀어박힌 채 좀처럼 모습을 나타내지 않았다.

정오가 가까워지자 마침내 필레그와 빌대드 두 선장이 선실에서 나왔다. 필레그가 일등 항해사를 보며 소리쳤다.

"스타벅, 모든 게 잘 준비됐지? 더 이상 육지에서 가져올 건 없나? 응, 그렇다면 꾸물거릴 필요가 없지."

"자, 이제 출발이다!"

필레그, 빌대드 두 선장은 갑판에 서서 지휘를 하였다. 이윽고 닻이 오르고 돛이 펴졌고 피쿼드 호는 서서히 미끄러져 나갔다. 북극의 짧은 해가 지고 어둠이 몰려올 무렵, 배는 어느새 탁 트인 겨울 바다로 나와 있었다.

그런데 배가 꽤 멀리까지 나아갔을 때였다. 배가 무사히 먼 바다로 나갈 때까지 수로 안내를 맡았던 필레그와 빌대드 선장이 말했다.

"스타벅, 스텁, 플라스크 그리고 모두들 무사히 잘 다녀오게. 3년 후 오늘, 이 낸터키트에서 맛있는 밥을 준비해 놓고 기다리겠네. 자, 그럼 우린 가네!"

"하나님이 자네들을 보호하여 좋은 날씨가 계속되길 빌겠네. 아무튼 고래를 쫓을 땐 신중하게 하길 바라네. 절대 기회를 놓치면 안 돼. 작살잡이는 함부로 보트에 구멍을 뚫지

않도록 하고. 참, 치즈는 너무 오래 넣어 두면 상해 버려. 버터도 잘 간수하고, 1파운드에 20센트라는 걸 잊지 말게. 만일……."

"빌대드, 설교는 그만 하고 이쯤에서 내리세."

작별 인사를 한 두 선장은 굳게 다짐한 표정으로 미리 뱃전에 매어 둔 보트로 뛰어내렸다.

배와 보트는 점점 멀어져 갔다. 차고 축축한 바람이 그 사이로 불어 오고, 갈매기 한 마리가 끼룩끼룩 울며 날아갔다. 우리는 마음이 무거웠지만 만세 삼창을 하고 마치 운명에 따르듯 아득히 먼 대서양을 향해 나아갔다.

일등 항해사 스타벅은 낸터키트 출신으로 나이는 서른에다 키가 크고 말수가 적었다. 하지만 마치 두 번 구운 비스킷처럼 단단한 근육을 지닌 튼튼한 사람이었다. 이 늠름해 보이는 장사도 오랜 세월 바다에서 고독한 생활을 한 탓에 지나치게 미신을 믿었다. 그는 늘 이렇게 말했다.

"고래를 두려워하지 않는 사람은 내 배에 태우지 않는다."

스타벅은 두려움을 모르고 천방지축 날뛰는 마구잡이는 겁쟁이보다 더 위험하다고 여겼다.

"우린 우리의 생활을 위해서 고래를 죽이는 것이지, 결코 고래 때문에 우리가 죽어서는 안 된다."

스타벅은 늘 그렇게 말했다. 하지만 실제로는 수많은 고래잡이들이 고래를 잡다가 죽어 갔다. 그의 아버지와 형도 마찬

모비 딕

가지였다.

또 이등 항해사 스텁은 매사추세츠 주의 케이프코드 곶 태생으로 매우 낙천적이었다. 고래를 쫓는 다급한 상황에서도 콧노래를 흥얼거리며 침착하게 일했다. 그는 매우 명랑하고 싹싹하여 그가 보트를 지휘할 때면 마치 잔치를 치르는 것처럼 흥겨운 모습이었다. 게다가 그는 지독한 애연가였다. 까맣고 작은 파이프는 언제나 얼굴의 한 부분처럼 붙어 있었다. 아침에 일어날 때도 바지를 입기보다 파이프를 먼저 입에 물 정도였다.

삼등 항해사는 매사추세츠 주 마더스 포도 섬 출신인 플라스크였다. 뚱뚱하고 다부진 체격의 젊은이로 고래만 보면 물불을 가리지 않고 덤벼들었다. 그럴 때 그의 모습은 마치 고래를 조상의 원수로 여기고 그걸 죽이는 게 자신의 의무라고 여기는 것처럼 보였다.

스타벅, 스텁, 플라스크. 이 세 항해사는 피쿼드 호의 중요한 인물들이었다. 이 배에 있는 보트 세 척 각각의 우두머리가 되어 고래잡이를 지휘하는 것도 이들 세 사람이었다. 이들은 각자 작살잡이 한 사람씩을 거느리고 있었다. 일등 항해사 스타벅의 부하는 바로 내 자랑스러운 친구 퀴퀘그였다. 또 이등 항해사 스텁의 작살잡이는 백발백중을 자랑하는 타시테고였다. 그는 마더스 포도 섬의 게이 곶에서 온 순수한 인디언으로 가늘고 긴 머리카락에, 툭 불거진 광대뼈, 검고 둥근 눈을 지녔으며 활을 들고 원시림을 뛰어다니던 선조의 피를 그대로 이어받아 용맹스러운 젊은이였다.

삼등 항해사 플라스크의 작살잡이는 대구였다. 우람하고 새까맣게 생긴 아프리카 흑인으로 사자 같은 걸음걸이를 지닌 그는 귀에 두 개의 큰 귀고리를 달고 있었다. 그리고 어려서부터 고향 해안으로 들어온 고래잡이 배를 탄 덕에 경험이 많고 대담하기가 이를 데 없었다. 그가 기린처럼 긴 목을 쭉 빼고 갑판 위를 성큼성큼 걸어다니는 모습을 보면 온몸이 움츠러들지 않는 사람이 없을 정도였다. 이 위풍당당한 대구 곁에 서 있는 플라스크는 몹시 초라해 보였다.

에이허브 선장

　낸터키트를 떠난 지 며칠이 지나도록 에이허브 선장은 그
림자도 보이지 않았다. 세 항해사가 번갈아 가며 선장 일을
하고 있었다. 그들이 이따금 선장실로 불려가 불호령을 당하
고 나오는 모습을 보고 그들이 누군가를 대신하여 배를 지휘
하고 있다는 사실을 알 수 있었다. 선원들은 감히 선장실 근
처에는 얼씬도 못 했지만 그 안에 이 배의 최고 지도자이자
독재자가 있다는 것을 알았다.

　나는 갑판으로 올라갈 때마다 선장실 쪽을 유심히 살피며
낯선 얼굴이 있나 살피곤 하였다. 하지만 선장의 모습이 좀처
럼 보이지 않자 이상하게 마음이 불안해지며 누더기를 걸친
일라이저가 지껄이던 말이 자꾸만 떠올랐다.

그러던 어느 날이었다. 오전 당번이었던 나는 갑판에 올라가 있었다. 그런데 고물(배의 뒷부분) 난간 쪽으로 얼굴을 돌린 순간, 나도 모르게 등골이 오싹해졌다.

'에이허브 선장이다!'

고물 쪽 뒷갑판에 기괴한 모습으로 서 있는 사람은 틀림없이 에이허브 선장이었다. 그는 어깨가 넓고 키가 컸으며 매우 다부져 보였다. 병을 앓고 난 사람 같지가 않았다. 그의 검게 그을린 얼굴과 목덜미에 난 흉측한 줄무늬 상처 자국을 보고 나는 소스라치게 놀랐다. 상처 자국은 잿빛 머리에서부터 얼

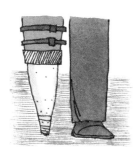

굴과 목을 똑바로 지나 옷 안으로 이어져 있었다. 하지만 나를 더 놀라게 한 건 그의 한쪽 다리를 지탱하고 있는 상앗빛 의족이었다. 그것이 향유고래의 턱뼈를 갈아 만든 것임을 게이 곳 출신의 늙은 인디언에게 들어서 이미 알고 있었다.

배 뒤쪽 갑판의 판자에는 지름이 반 인치(1인치는 2.54cm)나 되는 송곳 구멍이 나란히 뚫려 있었다. 선장은 뼈로 만든 다리를 그 구멍에 끼워 넣고 한 손으로 밧줄을 잡고 똑바로 선 채 배 앞쪽을 노려보고 있었다. 그의 얼굴은 침울하지만 굳센 집념과 위엄이 어려 있었다.

에이허브 선장은 그 날 이후 아침마다 갑판에 모습을 나타냈다. 그는 송곳 구멍에 서 있거나 고래 이빨로 만든 의자에

앉아 있거나 갑판 위를 부산스럽게 거닐었다. 배는 아직 목적지를 향해 가고 있었고, 모든 일은 세 항해사가 알아서 하고 있어 선장이 달리 할 일이 있는 건 아니었다.

점점 빙산을 뒤로하고 날씨가 따스해지자 에이허브 선장이 갑판에 나와 있는 시간이 더 많아졌다. 그는 선원들이 모두 잠든 한밤중에도 무거운 목재를 굴리는 듯한 소리를 내며 갑판을 돌아다니곤 하였다.

어느 날, 참다못한 이등 항해사 스텁이 조심스레 말했다.

"선장님께서 갑판을 걷는 건 좋습니다만 제발 그 발소리 좀 안 나게 할 수 없을까요? 혹시 밧줄을 둥글게 뭉쳐 뼈다리 끝으로 집어 넣으면 안 될까요?"

"뭐라고? 너는 내 다리를 대포알로 생각한단 말이냐? 닥쳐! 네놈이야말로 무덤 속으로 기어들어가서 수의를 걸칠 연습이나 해. 멍텅구리 당나귀 같은 녀석!"

에이허브 선장은 불같이 화를 냈다.

그런 모욕적인 말을 들어 본 적이 없는 스텁은 당황했다. 하지만 선장의 난폭한 성질을 더 돋우기라도 하면 어쩌나 겁이 나서 슬금슬금 꽁무니를 뺐다.

"젠장, 이 때까지 저 따위 말을 하는 놈은 가만 두지 않았는데. 이제라도 되돌아가서 한 대 갈겨 줄까? 하긴 뭐, 시중드는 꼬마 애길 들으니 잠을 하루에 세 시간도 못 잔다니 이디 제정신이겠어? 내가 참자, 참아."

스텁은 선실로 내려가며 중얼거렸다.

스텁이 들어간 후, 에이허브 선장은 고래 뼈로 만든 의자에 앉아 파이프에 불을 붙여 담배를 피웠다. 하지만 몇 모금 빨더니 파이프를 입에서 떼며 중얼거렸다.

"이 담배도 내 마음을 달래 주지 않는군. 이젠 담배도 소용이 없는 건가……."

선장은 피우다 만 담배 파이프를 바다에 내던졌다. 그러고는 모자 차양을 푹 눌러 쓴 채 비틀거리며 갑판을 걸어다녔다.

다음 날 아침, 스텁은 낮은 목소리로 삼등 항해사 플라스크에게 말했다.

"이봐, 어젯밤 내가 이상한 꿈을 꿨다네. 선장에게 걷어차이는 꿈이었어. 하지만 뭐, 그게 진짜 다리는 아니잖나. 그저 고래 뼈일 뿐이지. 어쨌거나 그런 꿈을 꾸지 않는 가장 좋은 방법은 저 영감에게 간섭하지 않는 것일세. 뭐라고 하든 그저 입을 다물고 말대꾸를 하지 않는 거지. 아니, 저 영감이 벌써 나와서 뭔가 소리를 지르고 있어."

에이허브 선장이 잔뜩 흥분하여 소리쳤다.

"이봐, 돛대 꼭대기에서 망보는 자들은 잘 들어라. 이 근처에는 흰고래가 있다! 만약 그 흰고래가 보이면 목이 터지도록 소리쳐야 한다!"

스텁이 그 소리를 듣고 다시 속삭였다.

"플라스크, 분명히 흰고래라고 했나? 아무래도 바람이 심상치가 않아. 조심하게. 에이허브의 머릿속엔 줄곧 피비린내 나는 바람이 일고 있다고. 쉿, 이쪽으로 오고 있어!"

에이허브 선장과 스텁의 호들갑에 나도 부쩍 흰고래에 대한 궁금증이 일었다.

그러던 어느 날이었다.

"전원 갑판으로 집합! 돛대 꼭대기의 당번도 내려와!"

갑자기 에이허브 선장이 스타벅을 시켜 모든 선원을 갑판으로 불러 모았다. 선원들은 무슨 일인가 하고 불안한 표정으로 하나 둘 갑판으로 모여들었다. 위급한 상황이 아니면 좀처럼 없는 일이었다. 선장의 얼굴은 마치 폭풍이 시작된 바다처럼 심상치 않았다. 그는 뱃전 너머로 바다를 노려보다가 딸각거리는 소리를 내며 천천히 갑판을 왔다 갔다 했다.

"설마 한쪽 다리로도 잘 걸을 수 있다는 걸 보여 주려는 건 아니겠지?"

스텁이 플라스크에게 귓속말을 하였다. 그 때 마침 에이허브 선장이 걸음을 멈추고 소리쳤다.

"자네들은 고래가 나타나면 어떻게 할 텐가?"

"신호를 보냅니다!"

스무 명쯤 되는 선원이 입을 모아 대답했다.

"좋아, 그 다음에는 어떻게 하겠나?"

에이허브 선장

"보트를 내려서 뒤쫓아갑니다."

"언제까지 쫓아가야 하지?"

"고래를 죽이든가 보트 구멍이 뚫리든가 둘 중 하나가 끝장날 때까지요."

우렁찬 대답이 울리자 선장의 얼굴에 그제야 흡족해하는 빛이 어렸다. 에이허브는 한 손을 높이 들어 밧줄을 잡고는 다시 뼈 다리를 갑판 구멍에서 반 바퀴쯤 돌리며 외쳤다.

"돛대 당번들은 내가 흰고래에 대해 말한 걸 기억하고 있겠지? 자, 여기 이 스페인 금화가 보이나? 이 금화의 주인은 너희들 중에 있다! 스타벅, 망치를 가져오게."

에이허브 선장은 크고 반짝이는 금화 한 닢을 햇빛에 비춰 보며 크게 외쳤다.

"이건 16달러짜리 금화다. 누구든지 이마에 주름이 잡혀 있고, 턱이 비뚤어졌으며, 대가리가 하얗고 오른쪽 옆구리에 세 개의 구멍이 뚫린 고래를 발견하는 사람에게 이 금화를 주겠다!"

"만세, 만세!"

에이허브 선장은 선원들의 함성 속에서 돛대에 금화를 박고는 망치를 내던졌다.

"흰고래야, 흰고래! 눈을 부릅뜨고 그놈을 찾아야 해. 거품이 이는 것처럼 바닷물이 하얗게 보이면 신호를 해."

"선장님, 그러니까 그 흰고래가 바로 모비 딕이라는 놈이군요?"

타시테고가 확인하듯 물었다.

"그래, 모비 딕이야. 자넨 흰고래를 알고 있나?"

"네, 그놈은 물 속으로 들어갈 때 좀 기이하게 꼬리를 휘젓지 않습니까?"

대구가 얼른 나서서 말을 이어받았다.

"물을 뿜어 내는 것도 달라요. 향유고래 중에서도 가장 날렵하고 힘이 센 놈 말입니다."

그러자 옆에 있던 퀴퀘그도 더듬거리며 말했다.

"게다가 그놈 몸에 작살이 꽂혀 있지 않나요?"

"옳지, 맞았어. 작살이 나사처럼 꽂혀 있지. 그놈의 물줄기는 보릿단을 쌓아올린 것처럼 굉장히 크고, 그 빛깔은 양털을 깎아서 쌓아 놓은 것처럼 하얗단 말이다. 너희들이 말하는 게 틀림없이 모비 딕이야, 모비 딕이라고!"

잠자코 있던 스타벅이 불쑥 나서서 물었다.

"그러니까 그놈이 바로 선장님의 다리를 물어뜯은 고래인가요?"

"아, 스타벅. 그리고 모두들 잘 들어. 내 돛대를 부러뜨리고, 나를 이렇게 죽을 때까지 의족으로 절름거리며 살게 만든 게 바로 모비 딕이야. 나는 희망봉이든, 혼 곶이든, 아니 지옥의 불꽃 속이든 그놈을 잡으러 다닐 거다. 너희들을 태운 것도 바로 그 때문이지. 그놈이 검붉은 피를 내뿜고 지

에이허브 선장

느러미를 축 늘어뜨릴 때까지 쫓아다닐 거야. 어떤가? 모두 용기 있는 친구들이니 나를 따라 주겠지?"

"옳소, 옳소! 흰고래를 잡아라!"

선원들이 흥분하여 함성을 질렀다.

"고맙다, 고마워!"

에이허브 선장이 감격하여 소리쳤다.

그 때 스타벅이 큰 용기를 내어 말했다.

"에이허브 선장님, 흰고래가 아무리 무섭다 해도 맞서 싸울 겁니다. 하지만 저희는 고래를 잡으려고 항해를 하는 거지, 선장님의 원수를 갚으러 나온 건 아니잖습니까?"

"이봐, 고래를 잡든 복수를 하든 나는 모비 딕을 죽이면 되고, 자네들은 돈을 벌면 되는 게 아닌가?"

"선장님의 원수를 갚는다 해도 그걸로 기름을 얼마나 짜내겠습니까? 낸터키트 시장에서는 어림도 없는 일입니다."

"낸터키트 시장이라고? 흥, 돈을 기준으로 삼는다면 말일세, 누가 뭐라 해도 내 가슴 속에서 불타고 있는 이 복수심만큼 값비싼 건 없다고 생각하네."

"말 못 하는 짐승을 상대로 복수를 하려 하다뇨! 그건 미친 짓입니다!"

스타벅은 큰 소리로 말대꾸를 하였다.

"자, 스타벅, 잘 들어 보게. 감옥에 갇힌 죄인은 벽을 부수지 않으면 밖으로 나갈 수가 없어. 나에겐 모비 딕이 바로 그 벽일세. 난 그놈을 밀쳐 내야 한다고! 그놈에게 받은 모욕을 되갚아 주기 전에는 결코 그만둘 수가 없어. 여기 이 선원들을 보게나. 모두 나와 함께 모비 딕을 잡으려고 폭풍같이 날뛰고 있는데, 낸터키트 제일의 창 던지기 명수인 자네가 슬슬 꽁무니를 빼려는 겐가? 자네에겐 어울리지 않는 일일세. 어디, 말 좀 해 보게. 옳지, 아무 말 않는 걸 보니 내 말에 따르겠다는 뜻이군. 암, 그래야지!"

"오, 하나님, 저를 지켜 주소서. 우리 모두를 지켜 주소서."

스타벅은 탄식하듯 중얼거렸다. 하지만 에이허브 선장은 자기 감정에 빠져 스타벅이 한탄하며 올리는 기도 소리를 듣지 못한 채 기쁨에 겨워 큰 소리로 외쳤다.

"자아, 술이다! 술을 마시자!"

에이허브 선장은 잔이 넘치도록 술을 따르고는 세 항해사를 자기 옆에 세우고, 나머지 선원들도 그들 주위를 둘러싸게 하였다. 에이허브 선장은 잠시 선원들을 날카로운 눈으로 쳐다보았다.

"자, 마셔라, 마셔! 마시고 돌려라!"

에이허브 선장은 술병을 바로 옆에 있는 선원에게 넘겨 주며 소리쳤다.

"아, 벌써 빈 병이 아닌가. 너희들의 젊음이 부럽다. 어이, 어서 술을 더 가져와! 그리고 세 항해사는 작살을 들고 내 곁으로 와서 작살을 힘껏 교차시키도록 하게. 그리고 나머

지 우리 씩씩한 선원들은 나를 빙 둘러싸고.”

에이허브 선장은 팔을 뻗어 세 개의 작살의 중심을 꽉 움켜 쥐었다.

“자, 세 사람은 서로 마주 보고 서라. 그리고 모비 딕과의 싸움을 위해 축배의 잔을 높이 받들어라! 그리고 그 잔을 작살잡이들에게 주어라. 이제 너희들은 끊으려야 끊을 수 없는 사이가 되었다. 자, 작살잡이들은 어서 마셔라! 그리 고 모비 딕의 최후를 위해 건배하자! 만일 우리가 모비 딕 을 해치우지 못한다면 우리들에게 죽음을 주소서!”

에이허브 선장과 모든 선원들은 모비 딕에게 저주의 말을 퍼부으며 단숨에 술을 들이켰다.

배는 하얀 물보라를 일으키며 앞으로 나아갔다. 바다에는 어느 새 석양이 물들고 있었다. 그토록 흥분하던 에이허브 선 장도 언제 그랬냐는 듯 평온하고 침착한 얼굴로 선실 쪽 창가 에 앉아 바다를 바라보고 있었다. 선원들은 갑판 여기저기를 어슬렁어슬렁 걸어다니거나 몇 명씩 모여 앉아 잡담을 나누 고 있었다. 스타벅은 큰 돛대에 기대어 여전히 우울한 얼굴을 하고 있었다.

에이허브 선장

흰고래 모비 딕

　나는 갑판에 앉아 퀴퀘그와 그물을 손질하며 문득 에이허
브 선장이 그토록 복수심에 가득 차서 찾아다니는 흰고래에
관한 소문을 떠올렸다.
　흰고래 모비 딕은 고래잡이들뿐만 아니라 다른 선원들 사
이에서도 전설적인 존재가 되어 있었다. 흰고래는 꽤 오래 전
부터 자기들 무리에서 벗어나 혼자 다녔으며, 향유고래잡이
들이 항해하는 바다 끝에서 나타나곤 한다. 그러나 정작 흰고
래를 본 사람은 얼마 없었다. 하물며 흰고래와 맞서 싸운 고
래잡이들은 더더욱 드물었다. 고래잡이 배의 수는 굉장히 많
지만 항해 시기가 저마다 다를 뿐 아니라 넓은 바다 여기저기
에 흩어져 있어서 흰고래에 관한 확실한 정보를 얻기가 힘들

었기 때문이다.

우연히 그 녀석을 만난 사람들조차 보통 향유고래려니 하고 보트를 내려 추적했다가 흰고래의 습격을 받아 팔다리를 물리고 때로는 목숨까지 잃곤 하였다. 이렇게 무서운 일을 겪고 나면 선원들은 흰고래의 거대한 몸집이 바다 위에 드러나기만 해도 악마를 본 듯 공포에 떨었다.

모비 딕이 언제부터 그 모습을 바다에 나타냈는지 확실하게 아는 사람은 없었다. 모비 딕의 모습은 보통의 향유고래들과 달리 그 생김새가 아주 특이하였다. 우선 몸집이 유별나게 큰 데다 흰 주름살이 잡힌 이마, 불룩 튀어나온 피라미드 모양의 혹을 지니고 있었다. 또 몸 전체에 흰 줄무늬와 반점이 있어서 사람들에게 '흰고래'라 불렸다. 모비 딕(Moby Dick)이라는 이름은 누가 무슨 뜻으로 붙였는지 모르지만 고래에 이름이 붙기는 처음이었다.

사람들이 모비 딕을 특히 두려워하는 것은 사실 그의 이상한 겉모습보다도 교활함 때문이었다. 이 거대한 고래가 허둥지둥 도망가는 것처럼 보여서 보트로 쫓아가면 갑자기 뒤돌아서서 보트를 뒤쫓다가 산산이 부수어 버리곤 하였다.

싸움에서 살아 남은 선원들의 입을 통해 흰고래에 관한 소문은 꼬리에 꼬리를 물고 퍼져 나갔다. 나중에는 있지도 않은 허황된 이야기까지 나돌게 되었다. 심지어 모비 딕이 보통 고래가 아니고 악마의 화신이라고 여기는 사람들도 생겨났다.

하지만 대부분의 고래잡이들은 흰고래와 직접 맞부딪힌 경험이 없었으므로 만나기만 하면 씩씩하게 맞서서 싸워 보리라는 사람들도 있었다.

그러나 에이허브 선장은 달랐다. 그는 흰고래 모비 딕과 맞붙은 첫 번째 싸움에서 처참한 패배를 당했다. 세 척의 보트가 산산조각이 나고, 노와 사람들이 소용돌이에 휘말려 들어갔다. 선장은 부서진 뱃머리에서 단검을 머리 위로 번쩍 쳐든 채 죽을힘을 다해 덤벼들었으나 모비 딕이 갑자기 몸을 돌려 아래턱을 치켜드는 바람에 선장의 한쪽 다리는 마치 들판의 풀이 베이듯 잘리고 말았다.

결국 모비 딕은 유유히 도망을 치고, 다리를 잃은 에이허브 선장은 살아 남은 부하들 손에 구출되었다. 상처가 간신히 아물자 그는 당장 모비 딕을 쫓겠다며 미친 듯이 날뛰었다.

"모비 딕, 두고 보라! 내 반드시 네놈의 숨통을 끊어 놓을 것이다!"

에이허브 선장은 돌아오는 배 안에서 길길이 날뛰었다. 그 기세가 어찌나 대단한지 항해사들은 그를 그물 침대에 꽁꽁 묶어 놓아야 했다.

고향으로 돌아온 그는 한동안 고래 사냥을 쉬었다. 그러나 한쪽 다리를 잃어 예전처럼 활발한 선원 생활을 할 수 없게 되자 미친 듯이 괴로워했다. 그는 화려했던 선원 생활이 파괴된 것을 모두 모비 딕의 탓으로 돌리고 영원한 복수를 맹세하

모비 딕

였다.

만일 에이허브 선장이 오로지 모비 딕을 향한 복수심으로 배에 올랐다는 사실을 눈치챘다면 사람들은 절대로 그를 선장으로 내세우지 않았을 것이다. 한 사람의 복수를 위해 여러 선원을 위험 속에 빠뜨리는 건 옳지 않은 데다 선주들에게도 별 이익이 없는 일이었기 때문이다.

그러나 이제 일은 돌이킬 수 없는 지경에 이르렀다. 에이허브 선장은 자신의 복수를 위해 선원들을 이끌고 모비 딕을 찾아 바다로 나선 것이다. 이를 말릴 사람은 아무도 없었다. 스타벅은 마음은 있으나 배짱이 없었고, 스텁은 일이 어찌 돌아가든 전혀 관심이 없었고, 플라스크는 멍청한 데다 다른 선원들은 그저 명령에만 따르는 얼치기들이었다.

어떻게 해서 그들이 복수심에 불타는 에이허브 선장의 뜻에 그렇게 쉽게 따르고, 모비 딕을 원수로 여기게 되었는지나, 이스마엘의 힘으로는 도무지 알 길이 없었다. 다만 그제야 부두에서 마주쳤던 일라이저의 수수께끼 같은 예언을 어렴풋이 이해할 수 있을 따름이었다.

첫 번째 추적

어느 달 밝은 밤이었다. 선원들은 가운데 갑판에 있는 물통에서 뒤쪽 난간의 물통까지 쭉 늘어서서 양동이를 넘겨 주며 물통에 물을 채우고 있었다. 그 때 뒤쪽 승강구 옆에 서 있던 아아치가 곁에 있던 선원에게 속삭였다.

"쉬, 카바코! 저 소리가 들리나?"

"이봐, 어서 양동이나 받아. 대체 무슨 말을 하는 거야?"

"봐, 또 들렸어. 승강구 아래쪽이야. 안 들리나? 기침 소리 같은데……."

"뚱딴지 같은 소리 그만 하고 이거 받아."

"네가 뭐라든 내 귀에는 틀림없이 들렸다고. 마치 서너 사람이 뒹굴고 있는 것 같아."

"하긴 낸터키트에서 뜨개질하는 할머니의 바늘 소리를 50마일이나 떨어진 곳에서도 들었다는 자네 아닌가."

"마음대로 비웃어. 아무튼 카바코, 저 뒤쪽 선창에 아직 갑판에는 코빼기도 보이지 않은 놈이 숨어 있다고. 선장도 그걸 알고 있을 걸세. 언젠가 아침에 스텁이 플라스크에게 아무래도 수상하다고 하는 걸 들었거든."

아아치는 자신만만하게 말했다.

에이허브 선장은 여전히 매일 밤 해도(바닷길을 그린 지도)를 펴 놓고 흰고래가 나타날 만한 곳을 찾고 있었다. 그는 흰고래가 나타날 만한 곳은 모두 표시를 해 놓고 그 길을 따라 오대양을 돌 작정이었다.

그는 틈틈이 선원들을 감시하기도 하였다. 행여 지루한 나머지 선원들이 반란을 일으킬지도 모르기 때문이었다.

그러던 어느 흐리고 무더운 날 오후였다. 나는 퀴퀘그와 함께 말없이 보트를 잡아맬 때 쓰는 밧줄을 만들고 있었다. 그때, 돛대 꼭대기에 앉아 망을 보고 있던 타시테고가 미친 듯이 소리쳤다.

"고래다! 물줄기를 뿜어 내고 있다! 저기, 저기!"

"어느 쪽인가?"

"바람이 불어 오는 곳, 3킬로 앞이다! 엄청난 고래 떼다!"

곧 배 안에 큰 소동이 일어났다. 향유고래는 마치 시계의 추처럼 규칙적으로 바닷물을 뿜어 냈다. 그것으로 고래잡이

들은 향유고래와 다른 고래들을 쉽게 구분해 낼 수 있었다.

"꼬리지느러미가 가라앉는다!"

다시 타시테고가 소리쳤다. 갑자기 고래 떼가 그의 시야에서 사라졌다.

"이봐, 급사. 지금 몇 시인가?"

에이허브 선장이 고함쳐 묻자 소년 하나가 아래로 뛰어가 시계를 보고 와서 정확한 시간을 선장에게 보고하였다. 배는 이제 바람을 등지고 가볍게 흔들리며 앞으로 나아갔다. 타시테고가 다시 알려 왔다.

"고래가 바람 부는 쪽으로 향한 채 물 속으로 들어갔다!"

그렇다면 머지않아 배 앞쪽에서 향유고래들이 발견될 것이다. 하지만 이 향유고래란 놈들은 마음을 놓을 수가 없다. 때때로 물 속에서 한 바퀴를 돌아 금방 반대 방향으로 헤엄쳐 가기도 하기 때문이다. 타시테고는 고래 떼가 우리 배가 가까이에 있다는 걸 눈치채지 못한 것 같다고 했다. 그게 사실이라면 허탕을 칠 우려는 없었다.

작살잡이 타시테고를 대신하여 다른 선원이 돛대로 올라갔다. 밧줄 통이 나오고, 도르래가 놓이고, 큰 돛대의 가름대는 팽팽하게 당겨졌고, 세 척의 보트는 높은 뱃전 밖으로 매달려 내려졌다. 이처럼 긴장되는 순간, 갑자기 어디선가 수상한 기척이 들려 왔다. 나는 얼른 뒤를 돌아다보았다. 그러자 바람 속에서 나타난 듯한 다섯 명의 건장한 사내들이 에이허브 선

첫 번째 추적

장 주위에 서 있었다. 그들은 소리도 없이 재빠르게 갑판 반대편으로 돌아가 매달려 있던 보트의 도르래 밧줄을 느슨하게 풀어 내렸다. 뒤쪽의 오른편 뱃전에 달려 있던 이 보트는 선장용 보트였다.

키가 호리호리하게 크고 검은 무명 윗도리를 입고 머리에는 하얀 터번을 두른 한 사내가 보트 내리는 걸 지휘했다. 나머지 네 명은 마닐라(필리핀의 항구 도시) 부근의 원시인처럼 햇볕에 반짝이는 갈색 피부를 지니고 있었다.

선원들은 이 기괴한 사람들을 놀란 눈으로 바라보았다. 선원들의 놀란 기색에는 아랑곳없이 에이허브 선장은 우두머리로 보이는 하얀 터번을 두른 사내에게 말했다.

"준비는 다 됐나, 패들러?"

"네!"

"자, 어서 보트를 내려랏!"

마침내 바다 위로 보트가 내려졌다. 선원들도 민첩하게 물결 위에 떠도는 보트로 뛰어내렸다. 스타벅, 스텁, 플라스크는 각각 보트 하나씩을 맡아서 지휘했다. 선원들이 보트를 저어 가려 할 때 에이허브 선장을 태운 보트는 벌써 본선의 뱃머리를 돌아서 나타났다. 선장은 보트 뱃머리에 똑바로 서서 스타벅, 스텁, 플라스크가 탄 보트를 향해 외쳤다.

"간격을 넓혀 저어라! 힘껏 저어!"

"네, 네, 알겠습니다."

내가 탄 것은 스타벅의 보트였다.

"힘을 내, 옳지. 자, 저 녀석들에게 지지 마!"

누군가가 말했다. 그 때 스타벅과 스텁의 보트가 잠깐 가까워졌다. 그 때 스타벅이 스텁에게 말을 걸었다.

"이봐, 저 친구들은 도대체 언제 배에 태웠지?"

"배가 떠나기 전에 몰래 태운 모양이야. 분명해. 하지만 내버려 둬. 우린 고래만 잡으면 돼."

"그렇긴 해. 어쩐지 난 그전부터 왠지 이상하다는 생각이 들었어. 선장이 승강구 밑의 선창에 자주 드나들었다더군. 오늘까지 용케도 잘 숨겨 두었던 거야. 흰고래를 잡기 위해 선장이 특별히 세워 둔 계획이겠지."

"그런 건 생각할 필요 없어. 자, 노나 저으라고!"

스텁은 서둘러 동료들에게 격려를 하였다.

"저어, 등뼈가 부러지도록 저어. 뭘 그렇게 흘깃흘깃 보고 있는 거야? 쳇, 저 다섯 녀석은 우릴 도우러 온 거라고. 어디서 왔는지 상관할 것 없어. 옳지, 그렇게 서두르지 말고 저어. 아니, 지금 코를 골면서 젓는 거야?"

나는 스텁이 선원들에게 퍼붓는 격려의 소리를 들으며 문득 피쿼드 호를 타러 오던 날 새벽, 안개 낀 어둠 속에서 슬그머니 피쿼드 호로 가던 수상한 사람들을 떠올렸다. 정체를 알 수 없었던 그 그림자가 바로 이 사람들이었던 것이다.

선장이 탄 배는 좀 더 바람 부는 쪽으로 나아가 다른 보트

첫 번째 추적

를 앞질렀다. 그건 보트에 탄 다섯 명의 선원이 얼마나 힘센 노잡이인가를 보여 주는 것이었다. 그들은 마치 온몸이 강철과 고래 뼈로 이루어진 듯 몸을 앞뒤로 구르는 동작을 되풀이하면서 파도를 헤치고 쭉쭉 나아갔다. 검은 옷을 입은 작살잡이 패들러는 옷을 벗어 버리고 붉은 가슴과 몸통을 다 드러내놓고 있었다.

선장이 신호를 보내자 다섯 개의 노도 일시에 딱 멈추었다. 고래들은 뿔뿔이 흩어져 바다 밑으로 들어가고 있었다.

"모두들 단단히 망을 보고 있어. 퀴퀘그, 어서 일어나!"

스타벅이 크게 외쳤다. 그러자 재빨리 뱃머리의 삼각대 위로 뛰어오른 퀴퀘그는 똑바로 서서 고래가 마지막으로 나타났던 부근을 뚫어지게 바라보았다.

플라스크의 보트도 그리 멀지 않은 곳에서 숨을 죽인 채 기다리고 있었다. 그는 무모하게도 고물 바닥에서 2피트가량(약 60cm) 높이 세워진 밧줄걸이 기둥 꼭대기에 서 있었다. 이 사나이는 몸집은 작지만 일을 하고자 하는 의욕은 넘쳐 이 정도의 높이로는 만족할 수 없었다.

"바로 앞도 안 보여. 노를 세우고 그 위에 올라타야겠다."

그 말을 듣자 대구가 뱃전을 잡고 재빨리 고물로 오더니 두 어깨를 발판 대신 내밀었다.

"돛대보다 낫지요. 어서 올라타세요."

"좋아, 정말 고맙다. 자네 키가 15미터만 되었더라면 더 이상 바랄 것이 없으련만."

플라스크는 대구가 내민 한쪽 팔을 잡고 어깨 위로 올라섰다. 파도가 휘몰아치는 보트에 태연히 서 있는 그의 모습은 다른 선원들을 놀라게 하였다.

이등 항해사 스텁은 플라스크처럼 높은 곳으로 올라갈 눈치는 아니었다. 고래들이 당황해서 물 속 깊이 들어간 것이라고 여기고 언제나처럼 파이프를 벗삼아 기다리기로 마음먹은 듯 보였다. 스텁이 모자 띠에 깃털 장식처럼 꽂아 둔 파이프를 빼서 불을 막 붙였을 때였다. 바람 부는 쪽을 뚫어지게 살피던 타시테고가 갑자기 미친 듯이 소리쳤다.

"엎드려, 엎드려! 저기, 저기 있다!"

모두들 주위의 공기가 갑자기 짜릿하게 진동하는 걸 느꼈다. 이 대기의 파동과 소용돌이 밑에서 고래 떼가 헤엄을 치고 있었다. 네 척의 보트는 나란히 파도가 소용돌이치는 곳을 향해 전진했다. 그러자 사냥감은 마치 벼랑에서 떨어지는 물보라 같은 흰 물줄기를 뿜어 내며 달아났다.

"저어라! 모두들 빨리 노를 저어라! 사냥감을 해치울 시간은 얼마든지 있다!"

스타벅은 되도록 낮은 목소리로, 그러나 아주 힘차게 퀴퀘그에게 외쳤다. 그러고는 날카로운 눈빛으로 뱃머리 앞쪽을 뚫어지게 바라보았다. 그 두 눈은 마치 나침반의 두 개의 바늘처럼 조금도 어긋남이 없었다. 부하들도 입을 다물고 있었다. 때로는 엄하고 때로는 부드러운 스타벅 특유의 명령만이 보트의 침묵을 깨뜨릴 뿐이었다. 하지만 땅딸보 플라스크의 수선스러움은 이만저만이 아니었다.

"이봐, 친구들, 뭐라고 좀 지껄여 봐. 천둥 소리처럼 떠들썩하게 소리치면서 노를 저어라! 어서 나를 저 시커먼 고래 등에 태워 달란 말이야. 그렇게만 해 주면 비니야드에 있는 농장을 몽땅 너희들에게 넘겨 주지. 자, 나를 태워라! 저기를 봐! 저 흰 거품을!"

그는 소리를 지르며 모자를 벗어 발로 짓밟더니 바다 위로 던져 버렸다. 그 모습은 마치 초원에서 뛰쳐나온 미친 망아지처럼 보였다. 뒤따라 오던 스텁이 그 모습을 보며 말했다.

"저 플라스크 녀석 또 병이 났군. 자, 모두들 유쾌하게 저어라! 오늘 저녁밥은 푸딩이다. 아, 이놈아, 뭘 그리 꾸물대고 있어? 침착하게, 그리고 힘껏 잡아당겨라. 뭘 우물쭈물하는 거야?"

곧이어 시커먼 구름이 바다를 뒤덮었다. 쫓기는 사냥감 떼가 만들어 놓은 하얀 물보라는 밤이 되자 더욱 선명하게 보였다. 고래 떼가 뿜어내는 물기둥이 양쪽에서 치솟았다.

고래들은 뿔뿔이 도망치고, 보트는 더욱 힘차게 돌진해 갔다. 내가 탄 스

모비 딕

타벅의 보트는 바람 부는 쪽으로 사라지려 하는 세 마리의 고래를 쫓았다. 이미 돛을 올리고 있던 보트는 바람을 받아 더욱 힘차게 나아갔다. 그리고 얼마 후 얕게 깔린 안개 속으로 들어가 피쿼드 호도 다른 보트도 보이지 않게 되었다. 스타벅은 돛 밧줄을 뒤로 잡아당기며 속삭였다.

"자, 힘차게 저어. 질풍이 불어닥치기 전에 한 마리쯤은 해치울 수 있어. 저것 봐, 하얀 물보라다! 그리로 쑥 들어가, 힘껏 저어! 바로 이 때다! 일어섯!"

스타벅의 작은 목소리가 날카롭게 울렸다. 그 말이 떨어지기가 무섭게 퀴퀘그가 작살을 움켜쥐고 벌떡 일어났다. 노를 젓던 사람들은 고물에 있는 스타벅의 긴장된 얼굴을 보고 '마침내 때가 왔구나!' 하고 직감했다. 그 때 마치 500마리의 코끼리가 굴러다니는 듯한 요란한 소리가 났다.

"저기 혹이 있다. 저것이다. 그래, 거기다. 바로 거기! 한 대 던져라!"

스타벅이 낮게 외치자 마침내 퀴퀘그가 잽싸게 밧줄 달린 작살을 내던졌다. 그러자 물결이 미친 듯이 거칠어지고 보트는 무언가에 밀쳐져 앞쪽 암초에 부딪힌 듯 충격을 받았다. 돛은 흘러내려서 찢겨 나가고, 배 밑바닥이 지진이라도 난 듯 마구 흔들렸다. 작살을 맞은 고래가 요동을 치자 그 작살에 연결된 긴 밧줄을 감아 놓은 기둥이 기우뚱거리며 고래에게 마구 끌려가는 것 같았다. 그러나 아쉽게도 고래는 약간의 상

첫 번째 추적

처만 입었을 뿐 심하게 요동을 쳐 작살을 빼 버리고는 날렵하게 도망쳐 버렸다.

보트에 물이 고이기는 했지만 다행히 부서지지는 않았다. 간신히 바다에 떠도는 노를 주워 올려 저었지만 보트에 고인 물 때문에 앞으로 나아가질 않았다. 바람은 무섭게 불었고, 파도는 하얀 방패를 휘두르듯 서로 부딪치며 넘실거렸다. 피쿼드 호가 어디에 있는지, 다른 보트들은 어떻게 되었는지 알 길이 없었다. 우리는 온몸이 흠뻑 젖은 채 추위에 와들와들 떨며 날이 밝기만을 기다리고 있었다.

바다 위에는 아직 안개가 자욱했다. 그 때 퀴퀘그가 벌떡 일어나 손나발을 만들어 귀에 댔다. 그 때까지 폭풍 소리에 가려져 들리지 않던 밧줄과 가름대의 삐걱거리는 소리가 들려 온 것이다. 소리가 가까워지는가 싶더니 어느 새 짙은 안개를 가르며 거대한 범선이 우리 앞에 모습을 드러냈다. 바로 피쿼드 호였다.

우리는 일렁이는 파도 속에서 가까스로 본선으로 되돌아왔다. 다행히 다른 보트들은 질풍이 다가오기 전에 고래 곁에서 떠나 적당한 때에 본선으로 돌아왔다고 하였다. 본선에서는 우리가 난파당한 줄 알고 혹시 떠도는 유품 같은 것이라도 건질까 하여 이 근처를 돌고 있었다고 했다.

갑판 위로 올라온 나는 몸에 묻은 물을 털어 내며 물었다.

"퀴퀘그, 이런 일이 자주 일어나나?"

퀴퀘그는 온몸이 물에 흠뻑 젖은 채 태연하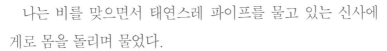
게 대답했다.

"자주 일어나고말고. 이런 일쯤은 별일도
아닐세."

"스텁 씨."

나는 비를 맞으면서 태연스레 파이프를 물고 있는 신사에
게로 몸을 돌리며 물었다.

"언젠가 당신이 일등 항해사인 스타벅 씨만큼 침착하고 용
의주도한 고래잡이는 없다고 칭찬을 한 적이 있었지요. 그
런데 안개 짙은 질풍 속에서 돛을 달고 돌진하다가 달아나
는 고래에게 갑자기 뛰어드는 게 고래잡이로서 옳은 일이
라고 생각합니까?"

"옳고말고. 나도 예전에 질풍으로 배 밑바닥이 새어 막 가
라앉는데도 보트를 내려 고래를 쫓은 일이 있지."

나는 이번에는 바로 옆에 있던 플라스크에게 물었다.

"그럼 플라스크 씨, 당신도 죽음이 바로 코앞에 있는데도
등뼈가 부서져라 노를 젓는 게 옳다는 겁니까?"

"하하, 그렇다네. 나는 보트에 탄 사람들이 고래가 있는 쪽
을 향해 얼굴을 돌리고 노를 저어 나가는 꼴을 보고 싶단
말일세."

결국 나는 세 사람의 말을 듣고 고래잡이에게는 질풍이나
배가 뒤집히는 일, 바다 위에서 노숙을 하는 일 따윈 아무것

첫 번째 추적

도 아니라는 걸 알게 되었다. 게다가 나는 세상에서 가장 무섭고 난폭하기 이를 데 없는 흰고래를 추격하는 운명에 말려들고 말았다는 사실을 깨달았다. 이제 내가 할 수 있는 일이라고는 당장 아래로 내려가 유언장의 초안이나 써 놓는 것뿐이란 생각이 들었다. 나는 내 친구를 불렀다.

"퀴퀘그, 이리 좀 와 봐. 자네가 내 고문 변호사, 유언 집행인, 유산 상속자가 되어 주지 않겠나?"

그렇게 하고 나니 그제야 마음이 좀 편안해졌다. 목을 막고 있던 돌이 빠져 나간 것처럼 후련하고 시원했다. 고래를 쫓아 앞으로 몇 달을 더 항해하게 될지 모르지만 그 날은 덤으로 얻은 나날이 되어 나를 기다리리라.

"자, 이제 조용히 죽음과 파멸의 길로 뛰어들어가는 거다. 무엇이든 덤빌 테면 덤벼라."

나는 소매를 걷어올리며 중얼거렸다.

모비 딕

타운호 호 이야기

시간이 흐르고 몇 달이 지났다. 그러는 사이 피쿼드 호는 순풍을 받으며 천천히 네 해역을 지나갔다. 아조레스 제도 앞바다, 베르데 곶 앞바다, 리오데라플라타 하구의 플레이트 바다 그리고 세인트헬레나 섬 남쪽의 카롤 해라고 불리는 해역들이었다.

에이허브 선장은 얼마 뒤 배의 방향을 동쪽으로 바꾸었다. 희망봉 일대로 다가가자 우리는 그 일대의 거칠기로 유명한 파도에 휘말려들게 되었다. 피쿼드 호는 사나운 열풍에 흔들리면서 검은 파도를 헤쳐 나갔다. 그럴 때마다 하얀 파도가 집어삼킬 듯 뱃전을 넘어 올라왔다. 게다가 뱃머리 쪽 물 속에서 이상한 물체가 이리저리 뛰놀았고, 고물 뒤에는 불길한 바다까마귀가 떼 지어 날고 있었다. 이 새들은 밧줄에 나란히 앉아서는 마치 이 배를 무인선이라 여기고, 황폐해진 이 곳이야말로 자기들에게 알맞은 보금자리라고 여기는 것 같았다. 더욱이 깜깜한 바다는 끊임없이 소리내어 물결치며 날뛰고 있었다. 사람들은 어째서 여기를 '희망봉'이라 부르는 걸까? 차라리 옛날 그대로 '위험봉'이라고 부르는 게 어울릴 것 같았다.

이처럼 험한 날에도 에이허브 선장은 비바람을 무릅쓰고 갑판에서 쉴새없이 지휘를 하였다. 그러다가 한 차례 일을 끝내면 그저 팔짱을 끼고 폭풍의 상태를 지켜 보았다. 뼈 다리를 갑판 구멍에 박고 바람이 부는 방향을 노려보며 몇 시간이고 서 있었다. 때로는 질풍이 눈이나 진눈깨비를 몰고 와서 그의 눈썹까지 얼어붙게 만들었다. 에이허브 선장은 밤이 되어도 묵묵히 거센 바람을 향해 서 있었다.

어느 날, 스타벅은 기상 관측에 쓰이는 청우계(기압계)를 조사하기 위하여 선실로 내려갔다. 그리고 선실에서 바닥에 다리를 박은 채 의자에 눈을 지그시 감고 앉아 있는 선장을 보았다. 그 때의 그 얼굴을 스타벅은 먼 훗날까지 잊을 수가 없었다. 선장은 방금 폭풍우 속에서 빠져 나온 듯 모자와 외투에서 빗방울과 진눈깨비가 물방울이 되어 떨어지고 있었

모비 딕

다. 또 탁자에는 누런 빛깔의 해도가 말린 채 뒹굴고 있었다. 게다가 감고 있는 눈조차 천장 대들보에 달려 있는 나침반을 향해 있었다.

'정말 지독한 영감이야!'

스타벅은 혀를 내둘렀다.

그러던 어느 날, 피쿼드 호가 희망봉 남동쪽의 고래잡이 어장으로 이름난 크로젠트 제도의 해역을 지날 때였다. 우리는 마침 오랜 고래잡이를 마치고 돌아가는 알바트로스 호를 만났다. 그런데 무슨 일인지 그 배에 탄 선원들은 너덜너덜해진 옷을 입고, 수염이 텁수룩한 게 몰골이 말이 아니었다. 그 배는 4년 동안의 해상 생활에 기진맥진하여 결국 귀향길에 올랐던 것이다. 알바트로스 호가 스쳐 지나갈 때 에이허브 선장이 그 배를 향해 소리쳤다.

"어이, 그쪽 배! 혹시 흰고래 모비 딕을 보지 못했나?"

그 배의 선장이 뱃전으로 나와 신호 나팔을 입에 대고 대답하려는 순간, 바람이 세차게 불어 와 들고 있던 나팔을 바다에 떨어뜨리고 말았다. 바람이 사납게 불어 그의 목소리는 들리지 않았다. 그러는 동안 배는 점점 멀어져 갔다.

피쿼드 호의 선원들은 서로 아무 말도 하지 않았지만, 흰고래 모비 딕을 보았느냐고 묻자마자 이런 재수 없는 일이 생기자 불길한 기분이 들었다.

사실 희망봉과 그 일대 해역은 수많은 배들이 지나다니는 길목과도 같아서 많은 배를 만나기도 하는 곳이었다. 그러다 보니 고래잡이 배끼리 만날 때는 선원들이 보트를 이용해 서로의 배를 방문하는 일도 있었다. 특히 군함끼리 마주치면 대부분 깃발을 올렸다 내렸다 하면서 떠들썩한 인사를 나눈다. 이런 호들갑스러운 인사에는 대개 진심이 담겨 있지 않지만 말이다.

그러나 대서양 한복판에서 만나는 상선 따위는 한 마디의 말도 주고받지 않고 서로 모른 체 지나쳐 버릴 때도 있다. 또 해적선끼리 마주치게 되면 첫 인사로 "몇 명이나 해치웠나?" 하고 묻고는 그냥 얼른 스쳐 지나가곤 한다. 나쁜 짓을 하는 사람들끼리 얼굴을 마주치는 게 편치 않기 때문일 것이다.

알바트로스 호와 엇갈리고 얼마 안 되어 우리는 고래잡이 배 타운호 호를 만났다. 이 배도 귀향길에 오른 것으로 선원 대부분이 폴리네시아인이었다. 이번에는 배를 멈추어 잠깐 그 배에 올라 선원들과 인사를 나누고 이야기까지 하였다.

이 배의 선원들은 모비 딕에 관한 아주 유익한 정보를 알려 주었다. 사실 그 비밀스러운 이야기는 그쪽 선원들이 타시테고에게만 살짝 들려 준 것이었다. 하지만 그가 잠꼬대를 하다가 우리에게 들키는 바람에 할 수 없이 들려 주었는데, 바로 모비 딕의 이야기였다.

이야기는 2년 전으로 거슬러 올라갔다. 타운호 호는 페루의 리마를 지나 적도보다 약간 북쪽 근처를 항해하고 있었다.

모비 딕

그런데 항해 중 황새치가 어딘가에 구멍이라도 뚫었는지 배에 물이 스며들어 펌프로 퍼내야만 했다. 물이 새긴 했지만 그리 위험한 정도는 아니어서 36명의 선원들은 마음을 놓았다. 하지만 비극적인 일은 다른 데서 찾아왔다. 포도 섬 태생인 항해사 래드니와 이리 호 연안의 버펄로 태생 선원 스틸킬드 사이에 일어난 다툼이 그 비극의 시작이었다.

스틸킬드는 큰 키에 훤칠한 인물에다 힘도 세고 자존심 또한 매우 강했다. 이에 비해 일등 항해사 래드니는 타운호 호에 자금을 댄 선주가 된 늙은이로, 노새처럼 못생긴 데다 성격도 고집스러웠다. 그래서 자기보다 잘생기고 힘이 센 스틸킬드를 몹시 미워하고 있었다. 스틸킬드 또한 래드니가 자신을 싫어한다는 걸 알고 있었다.

어느 날, 배에 스며든 물을 퍼내던 스틸킬드는 래드니가 들으라는 듯 빈정거렸다.

"아무래도 황새치라는 놈이 톱상어나 쥐치 따위를 데리고 와서 큰 구멍을 뚫은 모양이야. 이러다가는 래드니 영감의 소중한 저택을 다 망치고 말겠군."

"얼빠진 녀석들! 어쩌자고 펌프질을 멈추고 있는 거지?"

래드니는 이야기를 엿듣지 않은 척하며 소리를 질렀다. 그러다가 얼마 후 스틸킬드가 다른 선원들과 밧줄을 감아올리고 있는데 갑자기 나타나 다시 외쳤다.

"스틸킬드, 당장 갑판을 깨끗이 치우도록 해!"

타운호 호 이야기

사실 스틸킬드는 펌프 담당 우두머리였고, 갑판 청소는 그
보다 더 아래인 견습 선원이 할 일이었다.
  "내가 할 일이 아닙니다. 다른 사람을 시키시죠."
  스틸킬드가 아무렇지 않은 얼굴로 대답했다. 그러자 래드
니가 나무 망치를 들고 고래고래 소리를 지르며 당장 갑판 청
소를 하라고 으름장을 놓았다.
  "래드니 씨, 난 그 명령에 따를 수 없소. 당장 망치를 버려
  요. 만약 그 망치가 내 뺨을 조금이라도 스친다면 그 순간
  당신은 끝장인 줄 아시오."
  "뭐라고? 건방진 자식!"
  래드니는 욕설을 퍼부으며 스틸킬드의 얼굴에 닿을 정도로
아슬아슬하게 망치를 흔들어 댔다.
  그 순간 스틸킬드의 주먹이 날아갔다. 래드니는 아래턱이
부서진 채 고래처럼 피를 토하며 바닥에 쓰러졌다.
  일이 이렇게 되자 선장은 총을 겨누며 스틸킬드를 위협했
다. 그 때 스틸킬드와 같은 고향에서 온 선원들이 친구를 감
싸고 나서는 바람에 패를 갈라 맞서게 되었다. 화가 난 선장
은 스틸킬드를 비롯하여 반란을 일으킨 선원 열 명을 갑판 아
래에 가두고는 약간의 물과 비스킷밖에 주지 않았다.
  마침내 닷새째 되는 날, 갇힌 선원 중 일곱 명은 일찌감치
용서를 빌었다. 다음 날 아침, 선장은 다시는 아무도 반란을
꿈꾸지 못하도록 나머지 세 명의 선원을 밧줄로 묶어 마치 고

모비 딕

깃덩어리처럼 아침까지 돛대에 매달아 놓았다.

"자, 각오는 되었겠지? 어디 혼 좀 나봐라!"

선장은 세 사람을 끌어내려 채찍으로 때리기 시작하였다.
지독한 매질을 견디지 못한 두 명은 얼마 못
가 정신을 잃고 말았다. 하지만 스틸킬드는
여전히 숨이 붙어 있었다.

"더 이상 매질을 하면 죽여 버릴 테다."

스틸킬드는 낮게 부르짖었다. 그 소리는
너무 작아서 선장의 귀에만 들린 것 같았다.
그러자 선장은 몸을 뒤로 빼고서 두세 번 갑판을 오가더니 채
찍을 내던지며 소리쳤다.

"난 안 돼. 이봐, 이놈을 풀어 줘라. 내려 줘!"

하지만 선원들이 미처 스틸킬드를 풀어 주기도 전에 머리
에 붕대를 감은 일등 항해사 래드니가 나타났다. 사건이 난
후 줄곧 침대에 누워 있던 그는 갑판에서 벌어진 소동을 듣고
자리에서 간신히 일어나 나온 것이었다. 래드니는 스틸킬드
를 무섭게 노려보다가 선장이 주춤하는 사이 채찍을 받아들
고 다가갔다.

"비겁한 놈!"

스틸킬드가 낮게 외쳤다.

래드니는 잠시 주저하다가 결심한 듯 채찍을 들어 스틸킬
드를 힘껏 한 대 때렸다.

그것으로 사건은 끝이 났고 선원들은 다시 일을 시작했다. 스틸킬드는 묵묵히 일만 하였다. 하지만 그는 아무도 눈치채지 못하게 마음 속으로 복수를 다짐하고 있었다.

이틀째 되는 새벽이었다.

"고래다! 고래가 나타났다!"

갑판을 닦고 있던 선원이 갑자기 큰 소리로 외쳤다. 50야드(약 45m)도 채 떨어지지 않은 곳에서 갑자기 엄청나게 큰 고래가 나타난 것이다. 때마침 수평선에서 솟아오른 아침 햇살을 받은 그 거대한 몸통은 마치 우윳빛 산처럼 하얗게 빛났다.

"모비 딕이다!"

"저게 바로 전설의 모비 딕이다!"

소문으로만 듣던 모비 딕을 바로 눈앞에서 맞닥뜨린 선원들은 흥분에 휩싸였다. 마침내 보트가 내려졌다. 일등 항해사 래드니가 보트 우두머리로, 스틸킬드는 노잡이로 함께 타고 있었다. 고래에 작살이 박혔을 때 뱃머리에서 래드니의 명령에 따라 작살 밧줄을 당기거나 내려 주는 게 그의 일이었다.

"자, 돌격이다! 돌격!"

맨 먼저 래드니의 배가 힘차게 나아갔다. 하지만 누구보다 힘차게 노를 저으며 우렁차게 함성을 지른 건 스틸킬드였다. 보트는 모비 딕에게 점점 가까이 다가갔다. 작살잡이가 때를 놓치지 않고 작살을 던졌다. 곧 앞이 안 보일 정도로 세찬 물

모비 딕

보라가 일었다. 그 순간, 래드니가 창을 들고 뱃머리로 뛰어올랐다. 그는 보트에 타면 언제나 용맹하기 그지없었다.

"자, 나를 어서 고래 등 꼭대기에 올려 놓아라!"

스틸킬드가 그걸 마다할 리 없었다. 스틸킬드는 힘껏 노를 저어 갔다. 얼마 후 보트는 마치 암초에 부딪힌 듯 덜컹 소리를 냈다. 그 바람에 뱃머리에 서 있던 래드니가 눈 깜짝할 사이에 바다로 곤두박질치고 말았다. 세찬 물보라 속에서 모비 딕 옆구리 쪽으로 떨어진 래드니가 필사적으로 허우적거리는 모습이 보였다. 모비 딕은 마치 기다리고 있었다는 듯이 큰 소용돌이를 일으키며 몸을 돌려 래드니를 입에 덥석 문 채 공중으로 높이 솟아올랐다가 거꾸로 곤두박질쳐서 깊은 바닷속으로 사라져 버렸다.

스틸킬드는 허둥지둥 작살 밧줄을 늦추어 보트를 엄청난 소용돌이에서 떨어져 나오게 하였다. 그러나 보트는 무서운 힘에 의해 아래쪽으로 끌려갔다. 스틸킬드는 재빨리 칼로 작살 밧줄을 끊어 고래와 보트를 떼어 놓았다.

얼마 후 다시 솟아오른 모비 딕의 이빨에는 래드니의 빨간 옷 조각이 끼어 있었다. 네 척의 보트가 부랴부랴 뒤쫓아갔으나 모비 딕은 날렵하게 도망쳐 모습을 드러내지 않았다.

타운호 호는 물이 새는 배를 이끌고 간신히 어느 항구에 도

모비 딕

착하였다. 하지만 그 섬은 야만인의 섬이었다. 스틸킬드는 이 섬에 배를 버리고 대여섯 명을 뺀 나머지 선원을 이끌고 야자나무 숲으로 도망쳤다. 그런 다음 야만인의 통나무 배를 빼앗아 다른 항구로 노를 저어 갔다.

한편, 타운호 호는 섬 사람들의 도움을 받아 간신히 타히티까지 가서는 선원을 새로 모집하여 귀향길에 올랐다. 이게 바로 피쿼드 호와 크로젠트 제도 앞바다에서 만난 타운호 호 이야기였던 것이다.

고래와의 결투

어느덧 피쿼드 호는 자바 섬을 향하여 천천히 미끄러져 가고 있었다. 어느 맑게 갠 아침, 기다랗게 뻗은 햇살은 마치 바다 위를 쓰다듬는 황금 손가락처럼 반짝였다. 그 때 큰 돛대 위에서 망을 보던 대구가 무언가를 발견한 듯 윗몸을 쭈욱 빼고 앞을 바라보았다. 우리도 대구를 따라 일제히 뱃머리를 바라보았다. 아주 먼 곳에서 하얀 덩어리 하나가 천천히 올라와서 머리를 높이 치켜들고는 푸른 바다 위로 선명하게 떠올랐다. 그러고는 다시 물 속으로 쑤욱 몸을 숨겼다.

"고래처럼 보이진 않는데? 하지만 어쩌면 모비 딕일지도 모르지."

대구는 혼자 중얼거렸다. 그러다가 가라앉았던 기이한 괴물이 다시 물 위로 떠오르자 대구는 눈이 휘둥그레져서는 목청껏 외치기 시작했다.

"모비 딕이다! 흰고래가 나타났어! 바로 앞에서 펄쩍 뛰어올랐다!"

선원들은 일제히 뱃머리로 달려가 바다를 바라보았다. 에이허브 선장도 어느 틈엔가 달려와 꼼짝 않고 바다를 바라보다가 하얀 고래를 확인하기 무섭게 곧 명령을 내렸다.

"보트! 어서 보트를 내려라!"

에이허브 선장은 그토록 갈망하던 모비 딕과의 만남을 코앞에 두고는 다급하게 명령을 내렸다. 곧이어 보트 네 척이 바다에 내려졌고, 에이허브 선장의 보트를 맨 앞으로 하여 나란히 돌진해 갔다. 놈은 한순간에 물 속으로 사라져 버렸다. 그러다가 다시 천천히 머리를 들고 바다 위로 나타났다.

그 순간 모두 놀라서 입이 딱 벌어졌다. 눈앞에 나타난 건 고래가 아니었다. 길이와 폭이 거의 200미터나 되는 어마어마하게 큰 우윳빛 물체는, 파도 위에서 무수히 많은 긴 팔로 요동치고 있었다. 얼굴도 머리도 전혀 보이지 않았다.

"빌어먹을, 저 흰 유령 같은 놈! 네놈을 만날 바에야 차라리 모비 딕을 만나 한판 붙는 게 낫겠다!"

스타벅이 울부짖듯이 소리쳤다.

그 흰 유령 같은 녀석이 다시 떠오르자 플라스크가 물었다.

"고래가 아니면 대체 저게 뭐지요?"

"거대한 오징어야. 저놈을 본 고래잡이 배 중에 무사히 항구로 돌아간 배는 없어."

에이허브 선장은 아무 말 없이 보트를 다시 본선으로 저어왔다. 다른 보트들도 말없이 그 뒤를 따랐다. 아무도 말을 하지 않았지만 대부분 마음 속으로 이 괴물을 만난 것을 불길한 징조로 여기고 있었다.

'정말 무슨 일이 일어날 징조인가?'

스타벅의 얼굴은 점점 어두워져만 갔다. 하지만 내 야만인 친구 퀴퀘그는 달랐다.

"오징어를 보면 곧 향유고래가 나타날 거라는 징조야."

선원들 중에는 퀴퀘그처럼 향유고래의 먹이가 거대한 오징어라고 믿는 자들이 있었다. 대부분의 고래들은 수면 위에서 먹이를 잡아먹지만, 향유고래는 사람 눈에 보이지 않는 수면 아래에서 먹이를 구하기 때문이었다. 가끔 향유고래가 잘라낸 오징어 다리를 토해 낼 때가 있는데, 그 중에는 길이가 무려 10미터를 넘는 것도 있었다.

다음 날은 바람이 없고 몹시 무더웠다. 나는 그 날 앞쪽 돛대에서 축 늘어진 밧줄에 기대어 멍하니 앞쪽 바다를 보고 있었다. 꿈 속 같은 대기 속에서 기분 좋게 흔들리다 보니 졸음이 쏟아졌다. 큰 돛대와 뒤쪽 돛대의 당번도 완전히 잠들어 있는 것 같았다. 우리뿐 아니라 아래쪽에서는 조타수마저 배가 흔들릴 때마다 박자에 맞추어 꾸벅꾸벅 졸고 있었다.

고래와의 결투

그 때였다. 졸고 있던 내 눈 아래에서 갑자기 하얀 물거품이 휙 치솟는 느낌이 들었다. 나는 깜짝 놀라 배 앞쪽을 바라보았다. 그러자 무언가 희끗한 것이 눈에 띄었다. 정신을 차리고 보니 바람 부는 쪽에서 불과 40걸음도 채 떨어지지 않은 곳에 거대한 향유고래 한 마리가 뒤집힌 군함처럼 물결에 흔들리며 누워 있었다. 그 거대한 검은 등은 거울처럼 햇빛을 반사하고 있었다. 다른 선원들은 1주일, 아니 몇 달이 지나도 발견하지 못하는 고래를 신출내기 선원인 내가 발견하는 행운을 거머쥐다니!

나는 잔뜩 흥분하여 목청껏 소리쳤다.

"고래다! 고래가 나타났다!"

그러자 잠자고 있던 배의 선원들이 마법사의 지팡이로 한 대 두드려 맞은 듯 일제히 눈을 떴다. 바로 눈앞에서 큰 고래가 천천히 규칙적으로 반짝이는 물보라를 뿜어 올리는 걸 보자마자 선원들은 모두 함성을 질렀다.

"보트를 빨리 내려라! 바람이 부는 쪽으로!"

에이허브 선장의 명령이 떨어지자 피쿼드 호의 선원들은 재빨리 장비를 갖추고 보트를 내려 그놈을 쫓기 시작하였다.

"큰 노를 쓰지 마라! 목소리도 낮춰라!"

에이허브 선장은 고래가 당황하지 않도록 선원들에게 명령했다. 우리는 모두 뱃전에 앉아 작은 노를 사용했다. 바람이 없어서 돛을 달 수도 없었다. 우리는 물결조차 일지 않을 정도로 침착하게 다가갔다. 고래는 아무것도 눈치채지 못한 듯 천천히 바람 부는 쪽으로 헤엄쳐 가기 시작했다. 그러다가 녀석은 우리가 탄 배 앞에서 꼬리를 13미터쯤 치켜세웠다가 마치 하얀 탑이 무너지듯 가라앉고 말았다.

"이런, 숨어 버렸군."

고래가 사라진 틈을 타서 선원들은 잠시 휴식을 취했다. 스텁도 곧 파이프에 불을 붙였다. 얼마 후, 고래는 담배를 피우고 있는 스텁의 보트 가까이 나타났다.

"네놈은 이제 내 거다!"

스텁은 침을 꿀꺽 삼키며 중얼거렸다. 그 때쯤엔 고래도 추격자들의 존재를 알아차린 게 분명했다. 침묵을 지키는 건 이제 소용없는 짓이었다.

"자, 큰 노를 저어라. 어서!"

스텁은 여전히 파이프를 뻐끔거리며 큰 소리로 부하들을 격려했다.

고래도 가만 있지 않았다. 고래는 위기를 느꼈는지 '머리 내밀기'라고 불리는 자세를 취하고 있었다. 고래가 전속력으로 달리려 할 때면 이처럼 머리를 비스듬히 쳐들었다. 거대한 덩치의 머리 앞부분이 허연 물거품 속에서 비스듬히 솟아오르는 모습은 마치 납작하고 느린 범선이 뱃머리가 칼날 같은 뉴욕 항의 수로 안내선으로 모습이 바뀌는 것 같았다.

"쫓아라, 계속 쫓아! 그러나 서두르지 마라, 침착해라!"

고래와의 결투

스텁은 연방 담배 연기를 내뿜으며 외쳤다.

"좋아, 타시테고! 보트를 힘껏 저어라, 저어!"

스텁의 외침에 타시테고는 하늘을 향해 인디언의 전투가를 외치며 노를 저었다.

노잡이들은 이 인디언이 무섭게 노를 젓는 힘에 이끌려 자기들도 모르게 앞으로 몸을 내밀었다.

"칼~라! 쿠~루!"

그 때 인디언의 고함 소리 못지않게 누군가가 또 야생적인 소리로 응답을 하였다. 바로 대구였다.

"아으으으! 아으으!"

나의 야만인 친구 퀴퀘그도 먹음직스러운 스테이크를 한 입에 집어넣고 입맛을 다시는 것처럼 울부짖었다.

이렇게 고함을 치며 보트는 물결을 가르고 나아갔다. 스텁은 여전히 담배 연기를 뿜어 내면서 앞장 서서 나아갔다. 드디어 기다렸던 외침이 들려 왔다.

"일어서, 타시테고! 해치워!"

작살이 날아갔다.

"끌어라!"

노잡이들은 노를 뒤로 저었다. 그 순간, 무언가 뜨거운 것이 노잡이들의 손목을 스치고 날아갔다. 그것은 마법의 작살 밧줄이었다. 조금 전 스텁이 기둥에다 재빨리 밧줄을 두 번 더 감았는데, 그 밧줄이 날아감에 따라 파란 연기가 피어 올랐다. 밧줄은 기둥 주위를 계속해서 돌고 있었다. 하지만 그 기둥에 도달하기 전에 스텁의 두 손을 세차게 치고 지나는 바람에 스텁은 솜을 넣은 네모난 헝겊 수건을 떨어뜨리고 말았다. 그러자 마치 예리한 양날의 칼을 맨손으로 잡는 것과 같은 꼴이 되었다. 무서운 적은 그 칼을 비틀어 빼내려 하는 것 같았다.

"밧줄을 적셔라! 밧줄을 적셔라!"

스텁이 밧줄 통 옆에 앉아 있는 노잡이를 향해서 소리쳤다. 그러자 그는 모자를 벗어 바닷물을 떠서 밧줄에 끼얹었다. 밧줄은 몇 번이나 더 감겨진 다음에야 겨우 팽팽해졌다. 보트는 요동치는 물을 가르고 미끄러져 갔다.

선원들은 물거품이 하얗게 이는 바다로 날아가지 않도록 자리에 매달려 있었다. 마침내 고래가 달아나는 속도를 늦추었다.

"당겨 넣어! 당겨 넣어!"

스텁이 소리쳤다. 보트는 아직도 끌려가고 있었으나 선원들은 모두 고래 쪽으로 몸을 돌렸고 보트도 그쪽으로 다가가 세웠다. 이윽고 보트가 고래의 옆구리와 나란히 놓이게 되었다. 스텁은 밧줄을 걸어 매는 쇠말뚝에 무릎을 단단히 끼우고서 도망치려는 고래에게 연거푸 작살을 던졌다. 그의 명령

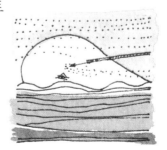

고래와의 결투

에 따라서 보트는 몸부림치는 고래를 피하여 후퇴하기도 하고 가까이 다가가기도 하였다. 그리고 고래에게 다가갈 때마다 작살이 던져졌다.

이윽고 고래의 온몸에서 붉은 피가 솟구쳤다. 고래는 거대한 몸집을 뒤틀면서 몸부림을 쳤고 꼬리를 길게 내려뜨린 채 거품을 뿜고 있었다. 피로 물든 바다는 저무는 햇살에 매혹적으로 빛났고, 선원들의 얼굴까지 붉게 물들였다. 고래는 분수처럼 물을 뿜어 내고, 스텁도 연방 담배 연기를 뿜어 냈다. 그리고 밧줄 때문에 휘어져 버린 작살을 뱃전에 세게 내리쳐 꼿꼿하게 편 후 고래를 향해 하나씩 내던졌다.

"당겨라! 밧줄을 당겨라!"

스텁은 노잡이에게 소리쳤다. 고래는 지쳐서 한 차례 몸을 부르르 떨더니 축 늘어지고 말았다. 보트를 고래 옆구리에 바짝 붙인 채 스텁은 뱃머리에서 몸을 내밀어 날카로운 작살로 고래를 찌르고 또 찌르며 조심스럽게 휘저었다. 그 모습은 마치 고래가 삼킨 금시계라도 찾고 있는 듯 보였다.

축 늘어졌던 고래가 마지막 힘을 다해 다시 한 번 미친 듯 솟구쳐 오르자 거센 물보라가 일었다. 그 후 고래는 이제 몸부림칠 기운도 없다는 듯 물을 뿜어 내던 구멍을 벌렸다 닫았다 하며 고통스럽게 숨을 내뱉었다. 얼마 후 고래는 붉은 피를 토해 내며 마침내 더 이상 움직이지 않았다.

"죽었어, 스텁."

대구가 말했다.

"그래, 파이프를 두 번이나 태웠는걸."

스텁은 파이프를 입에서 빼고는 자기가 잡은 거대한 고래를 감개무량한 듯 바라보았다.

상어의 습격

스텁이 잡은 고래는 본선인 피쿼드 호에서 그리 멀지 않은 곳에서 죽었다. 바다는 잔잔했기 때문에 우리는 세 척의 보트를 나란히 세우고 포획물을 끌고 갔다. 축 늘어진 채 떠 있는 고래를 열여덟 명의 선원들이 몇 시간이나 잡아당겼다. 그러나 상당한 시간이 지났는데도 불구하고 고래는 움직이지 않는 것 같았다. 이는 우리들의 포획물이 얼마나 거대한가를 증명하는 것이었다. 우리는 납덩이를 가득 실은 상선을 끌고 가는 기분이었다.

어둠이 몰려왔다. 그러나 피쿼드 호가 큰 돛대에 세 개의 등불을 켜서 희미하게 길을 인도해 주었다. 더 가까이 가자 등불 하나를 들고 뱃전에 서 있는 에이허브 선장이 보였다.

물결 따라 흔들리는 고래를 물끄러미 바라보던 그가 이윽고 입을 열었다.

"밤이니 뱃전에 잘 매어 둬."

그는 여느 때와 다름없이 덤덤한 말투로 명령을 내렸다. 하다못해 '수고했다, 잘했다' 같은 칭찬 한 마디 없이 선실로 들어가 그대로 아침까지 모습을 나타내지 않았다. 1,000마리의 고래를 잡더라도 그것이 모비 딕이 아닌 한 에이허브 선장을 만족시키기란 어려울 것 같았다. 그러나 스텁은 승리감에 한껏 도취되어 어쩔 줄 몰랐다. 사실 미식가인 그는 고래고기를 무척 좋아하기 때문이었다.

"스테이크야, 스테이크! 오늘 밤에는 고래 스테이크를 즐겨야지. 대구, 배에서 내려가 궁둥이 살 좀 베어 와!"

이렇게 해서 한밤중에 스테이크 파티가 벌어졌다. 고래 기름으로 불을 밝힌 갑판에서 스텁은 고래 스테이크를 맛있게 씹어 삼켰다. 그러나 그 날 밤 잔치를 즐긴 건 스텁뿐이 아니었다. 스텁이 고기를 씹는 소리에 박자를 맞추듯 수천 마리의 상어 떼가 죽은 고래 둘레로 몰려들어서 그 기름진 고기에 입맛을 다신 것이다.

배 밑에서 자고 있던 선원들은 바로 곁에서 상어들이 꼬리로 배를 두드려 대는 소리에 도무지 잠을 이룰 수 없었다. 뱃전에서 들여다보면 놈들이 컴컴한 파도 속에서 사람 머리만큼이나 큰 고깃덩어리를 물어뜯어 몸을 뒤척이는 모습을 볼

상어의 습격

수 있을 터였다. 상어들은 웬만해서는 이빨이 들어갈 것 같지 않은 두꺼운 고래 껍질을 뚫고 어떻게 한 입 가득 고기를 뜯어먹게 된 것일까?

하지만 스텁은 가까이에서 벌어지고 있는 상어들의 잔치에는 신경도 쓰지 않았다. 물론 상어들도 이 미식가의 입맛 다시는 일에는 무관심했다.

"요리 당번, 요리 당번! 이 영감이 어디 있지?"

스텁은 마치 작살을 다루듯이 포크와 나이프를 휘저으며 큰 소리로 요리사인 플리스 영감을 찾았다. 잠자다 불려 나온 플리스 영감은 내키지 않는 얼굴로 부엌에서 발을 질질 끌며 나왔다. 스텁은 고기를 집어 올리며 말했다.

"영감, 이 고기는 너무 구웠어. 쫄깃하지 않으면 맛이 없다고 내가 늘 말하지 않았던가. 저 상어 떼들이 왜 그렇게 몰려와 있는지 아나? 그놈들 역시 질기고 싱싱한 걸 좋아한단 말이야. 그건 그렇고, 제발 저놈들한테 가서 조용히 하라고 잔소리 좀 하고 오게. 아유, 시끄러워!"

요리사 영감은 스텁이 시키는 대로 등불을 가지고 뱃전으로 갔다. 그러고는 등불을 낮추고 한 손으로 지팡이를 휘두르며 상어 떼에게 설교를 늘어놓았다. 스텁은 뒤로 살그머니 다가가 그 이야기를 엿듣고 있었다.

"이봐들, 그렇게 꼬리를 퍼덕이며 떠들지 마라. 입을 쫑알 쫑알 놀리지 말란 말이다! 알겠느냐? 스텁 나리께서 하시

상어의 습격

는 말씀이니 배불리 먹는 건 좋지만, 제발 좀 조용히 하란 말이야!"

스텁이 영감의 어깨를 두드리며 말했다.

"요리 당번, 설교를 하면서 거친 말을 하면 되나? 죄인들을 뉘우치게 하려면 그런 방법으로는 안 되지. 암, 안 되고말고. 그나저나 자넨 교회에 가 본 적이 있나?"

"케이프타운에서 한 번 가 본 적이 있어요."

"하하하, 그런데 자네는 어디로 갈 셈이지?"

"어서 잠자리에 들고 싶습니다요."

"아니, 자네가 죽었을 때 얘길 하고 있는 거야."

"나는 죽고 나서 아무 데도 가고 싶지 않지만 고마운 천사님이 와서 데려가겠지요. 저리로요."

영감은 지팡이로 머리 위 돛대를 가리켰다.

"하하, 저 돛대 끝에서 천국으로 간 사람은 아직 아무도 없네. 그러니 실없는 소리 그만 하고 내일은 말이야, 옳지! 저 고래 지느러미 끝을 잘라서 식초에 담가 놓도록 해. 꼬리의 끝 부분은 소금에 절이고. 그럼 이제 가도 좋아."

하지만 영감은 세 걸음도 채 못 가서 또 불러세워졌다.

"참, 내일 밤 간식으로 커틀릿을 만들어 줘. 아침에는 고래 고기 만두를 만들어 주고. 알았지? 잊지 마."

영감은 절름거리며 돌아가다가 중얼거렸다.

"빌어먹을 놈 같으니라고! 고래 고기를 먹는 대신 고래에

모비 딕

게 잡아먹혔으면 좋겠군."

영감은 불평을 하며 그제야 좁은 침대에 몸을 뉘었다.

사실 태평양 어장에서는 밤늦게 향유고래를 잡아서 고생 끝에 본선까지 끌고 올 경우, 대부분 그 자리에서 처리하지 않았다. 왜냐하면 고래를 끌고 오느라 지칠 대로 지친 선원들이 빠른 시간 안에 그것을 처리할 수 없기 때문이었다. 그래서 보통 돛을 모두 내리고 바람이 부는 쪽으로 키를 돌린 다음 모든 선원들이 날이 샐 때까지 교대로 불침번을 서며 갑판에 나가 망을 보곤 하였다.

그러나 때때로 태평양 적도 부근에서 그것은 그리 좋은 방법이 아니었다. 수많은 상어 떼가 배에 매어 둔 거대한 고래 시체를 보고 달려들기 때문이었다. 그렇게 아침이 되면 고래는 달랑 뼈만 남는 경우가 허다했다. 밤참을 맛있게 먹은 스텁이 몇몇 선원을 이끌고 뱃전에 나왔을 때도 예상대로 상어 떼가 서로 먹이를 차지하려고 으르렁거리고 있었다.

마침내 스텁 일행은 대학살을 시작하였다. 즉시 뱃전에 발판을 내려놓고 세 개의 등불을 아래로 내려 먼 바다까지 비추게 한 후, 제일 먼저 기다란 강철 삽을 꺼내 상어의 급소인 머리통을 사정없이 내리쳤다. 바다는 금방 흰 물보라와 피비린내가 진동했고, 상어들은 거칠게 날뛰었다. 대학살을 눈치

상어의 습격

챈 상어들은 상상할 수 없을 만큼 난폭해져서는 서로의 배에서 튀어나온 창자를 뜯어 먹었다.

선원들은 그 아수라장 속에서도 죽은 상어를 갑판으로 끌어올렸다. 그 중에는 아직 살아 있는 놈들도 있었다. 퀴퀘그가 죽은 상어의 가죽을 벗기려 할 때였다. 어느 틈에 상어는 그 무시무시한 입을 쩍 벌려 퀴퀘그의 손을 덥석 물었다. 간신히 위기를 모면한 퀴퀘그는 괴로운 듯 손을 위아래로 흔들며 중얼거렸다.

"이런 녀석을 만들어 낸 신은 정말 위대해."

다음 날은 일요일이었다. 육지에서는 성스럽게 보내는 날이었지만 고래잡이 배에 그런 일은 통하지 않았다. 고래를 끌어올려 해체하는 일이 무엇보다 급했기 때문이다.

이제 피쿼드 호의 갑판은 도살장과 다름없었다. 고래를 자르는 데 필요한 여러 가지 기구들이 필요했다. 먼저 고래를 끌어올리기 위한 도르래를 제일 큰 돛대에 매달았다. 그리고 고래를 자르는 웅장한 기구가 큰 돛대 위에 흔들흔들 올려져 배의 갑판 중에서도 가장 견고한 아래 돛대 꼭대기에 매어졌다. 이윽고 큰 밧줄이 고래 위로 내려졌고, 항해사 스타벅과 스텁이 뱃전의 발판에 올라타서 긴 고래 삽으로 고래 몸에 구멍을 뚫었다. 그런 다음 늘어져 있는 두 개의 지느러미 옆에 갈고리 모양의 칼을 찔러 넣었다. 그 순간 선원들은 목청껏 함성을 지르며 양묘기(닻을 감아 올렸다 내렸다 하는 장치)에

모비 딕

모여들어 힘껏 감아올리기 시작하였다.

그 순간, 배는 고래의 무게에 이끌려 고래 쪽으로 기울어졌다. 배는 그 충격으로 얻어맞은 것처럼 앞뒤로 흔들리고, 양 묘기는 고래를 매달고서 높이 치솟았다. 그렇게 하여 들어올려진 고래는 가죽과 기름을 가르는 지육실이란 선창으로 내려진다. 이 어두컴컴한 방에서 선원들은 민첩하게 손을 놀려 기다란 가죽을 계속 감아들인다.

원래 고래고기는 쇠고기와 육질은 비슷하지만 더 단단하고 탄력이 있으며 두께가 무려 20~40센티미터에 이른다. 고래는 껍질이 두꺼울수록 많은 기름을 얻을 수 있는데, 거대한 향유고래의 경우 10톤이나 되는 어마어마한 양의 기름을 얻을 수 있다. 그런 고래가 갓난아기보다 더 부드러운 껍질(피부)을 가지고 있다는 게 참 기이할 뿐이다. 게다가 살아 있는 고래 껍질에는 아름다운 무늬가 아롱져

있다. 어떤 향유고래의 몸에는 미시시피 강 상류 인디언들이 쓰는 상형 문자 같은 게 나 있고, 또 어떤 고래의 몸은 부드러운 이불 같은 가죽으로 감싸여 있어 얼음뿐인 북극이나 그린란드에서도 살 수 있게 되어 있다. 건물 중에서 성 베드로 성당 같은 건물이 위대하다면, 생물 중에 고래처럼 위대한 생물 또한 거의 없을 것이다.

"쇠사슬을 당겨라! 고래의 시체를 떠내려 보내라!"

목이 잘리고 기름과 살을 떼어 낸 고래의 흰 몸은 대리석 무덤처럼 빛나고 있었다. 빛깔은 변했지만 크기는 조금도 변함없이 여전히 거대한 그대로였다. 거대한 고래의 시체가 천천히 떠내려갔다. 생명을 잃은 큰 덩어리는 계속해서 흘러가다가 바다 끝 어딘가로 사라지고 말았다. 이처럼 슬프고 처참한 장례식이 또 있을까?

하지만 고래의 치욕은 죽어서도 끝나지 않았다. 원래 거대한 고래를 잡으면 몸뚱이의 가죽이 다 벗겨질 때까지 고물 쪽에 밧줄로 매어 둔다. 그리고 작은 고래의 머리의 경우 갑판 위로 끌어올려 정성스레 처리한다. 그러나 이번처럼 큰 고래의 경우에는 전체 몸통의 3분의 1이나 차지하는 그 무거운 머리를 들어올린다는 건 마치 보석상에 있는 저울로 광산의 광석 무게를 다는 일과 다를 바 없었다.

그래서 피쿼드 호에 잡힌 고래의 머리는 배 옆쪽에 바짝 닿은 채 들어올려졌고, 반쯤은 여전히 물에 잠겨 있었다. 배 또한 그쪽으로 거의 쓰러질 듯 기울어져 있었다.

이 모든 일은 정오가 다 되어 거의 끝났다. 잠시 후 에이허브 선장은 조용해진 갑판으로 나와 서성이고 있었다. 그 때였다. 돛대 끝에 올라가 망을 보던 선원이 소리쳤다.

"어이! 돛이 보인다! 좌현 뱃머리, 3도 방향, 바람을 타고 이쪽으로 오고 있습니다."

108

"뭐라고?"

에이허브 선장은 한순간에 우울한 기운을 떨쳐 버린 듯 소리치며 몸을 일으켰다.

마침내 배와 미풍은 짝을 지어 가까이 다가왔다. 망원경으로 보니 보트와 망지기를 둔 돛대로 미루어 보아 그것이 고래잡이 배임을 알 수 있었다. 고래잡이 배들은 서로 고유의 신호를 가지고 있었는데, 피쿼드 호가 신호를 보내자 그쪽에서도 신호를 보내 왔다. 그리고 곧 그 배는 낸터키트의 제로봄 호라는 것을 알게 되었다.

스타벅은 에이허브 선장의 명령에 따라 그쪽 선장을 초대하기 위해 사다리를 준비했다. 하지만 제로봄 호의 선장은 그러지 말라고 손짓하였다. 제로봄 호에 퍼져 있던 악성 전염병이 행여 피쿼드 호에 전염될까 염려했기 때문이다. 선장 자신과 보트에 타고 있던 몇몇 선원들은 병에 전염되지 않았지만, 그 외 많은 선원들이 전염돼 있다고 했다. 배는 엽총 사정거리에서 절반가량 떨어져 있었다.

"전염병 같은 건 무서워하지 않소. 자, 올라오시오."

에이허브 선장은 뱃전에서 보트의 고물에 서 있는 제로봄 호 선장 메이휴를 보며 말했다.

"여, 열병이란 말이오. 노랗게 타들어가는 무서운 괴질을 주의하시오!"

그 순간, 보트는 갑자기 밀려온 파도에 저 멀리 밀려나고

상어의 습격

말았다. 잠시 후 에이허브 선장은 다시 파도에 밀려 되돌아온 보트를 향해 외쳤다.

"혹시 모비 딕을 보았소?"

마침 그 때 파도가 다시 밀려와 메이휴 선장의 보트는 악마에게 붙잡혀 가듯 떠밀려 갔다. 그러는 동안 뱃전에 매달려 있던 향유고래의 머리는 사납게 뒤흔들렸고, 그걸 노려보고 있던 제로봄 호의 보트잡이는 잔뜩 겁에 질려 있었다.

"지금 모비 딕이라고 했소? 그, 그게 말이오……."

메이휴 선장은 다시 파도에 밀려 가까이 와서는 고개를 절레절레 내저으며 자기가 당한 무시무시한 일을 들려 주었다.

제로봄 호가 출항한 지 얼마 안 되었을 때 그들은 다른 고래잡이 배를 통해 모비 딕이라는 향유고래가 얼마나 난폭한 녀석인지를 알게 되었다. 이 말을 들은 선원들은 모비 딕이라는 괴물을 만나면 절대로 공격해서는 안 된다고 선장에게 경고하였다. 그리고 항해를 떠난 지 2년쯤 되었을 때 큰 돛대에서 망을 보던 당번이 마침내 모비 딕을 발견하였다.

"안 됩니다. 그놈을 건드렸다간 큰 화를 당할 겁니다."

몇몇 선원들이 말렸지만 일등 항해사 메이시는 모비 딕을 잡고 싶은 마음에 안달이 났다. 마침내 메이시는 선원들을 설득하여 보트를 저어 나갔다. 그들은 지칠 때까지 노를 저어 가며 공격했지만 겨우 모비 딕의 등에 작살 하나를 꽂는 데 성공했을 뿐이었다. 메이시가 보트 고물에 올라서서 무섭게 고함을 치며 작살을 내던질 기회만을 엿보고 있을 때였다. 갑자기 바닷속에서 거대한 하얀 그림자가 솟구쳐 오르더니 재빨리 요동치기 시작했다. 노잡이들은 숨조차 쉴 수 없었다. 이 때 메이시의 몸이 갑자기 공중으로 떠오르더니 커다란 반원을 그리며 저 멀리 깊은 바닷속으로 떨어져 가라앉고 말았다. 다른 노잡이 선원들은 숨을 죽인 채 기다렸지만 다시는 일등 항해사의 모습을 볼 수 없었다.

메이휴 선장은 이처럼 공포스러운 이야기를 들려 주고는 곧 보트를 돌려 돌아가 버렸다.

이 불길한 소식을 들은 피쿼드 호 선원들은 한층 무거워진 마음으로 다시 고래 기름과 살코기를 발라 내는 일을 하였다. 그리고 이 괴상한 사건에 대해 이야기를 하면 할수록 불안한 마음은 점점 더 커져만 갔다.

상어의 습격

스텁과 플라스크, 참고래를 잡다

향유고래의 커다란 머리는 늘 피쿼드 호의 뱃전에 매달려 있었다. 그러던 어느 날, 피쿼드 호는 황색 정어리 떼로 얼룩진 바다에 들어가게 되었다. 그건 바로 참고래가 그 근처에 있다는 증거였다. 하지만 피쿼드 호는 이류 고래나 다름없는 참고래 따위를 잡는 건 시간 낭비라 생각하고 있었다. 피쿼드 호는 크로젠트 제도 밖에서도 수없이 참고래 떼와 마주쳤지만 보트를 내린 적이 없었다.

그런데 이번에는 놀랍게도 참고래를 잡으라는 선장의 명령이 떨어졌다.

오래 기다리지 않아 그 기회가 왔다. 바람 부는 쪽에 높은 물보라가 보였다. 스텁과 플라스크가 이끄는 두 척의 보트가 그 물줄기를 쫓았다. 보트는 빠른 속도로 나아갔고 이윽고 돛대 꼭대기에서도 보이지 않게 되었다. 갑자기 저 멀리에서 하얀 파도가 크게 일었고, 망을 보던 선원이 외쳤다.

"한 척인지 두 척인지는 잘 보이지 않으나 아무튼 고래에 작살을 던진 것 같습니다!"

잠시 후 도망치고 있는 고래를 쫓아서 두 척의 보트가 따라오는 것이 뚜렷하게 보였다. 고래가 본선 너무 가까이까지 다가와서 처음에는 습격할 의도를 지닌 게 아닌가 하였으나, 고래는 갑자기 모습을 감추었다. 그놈은 뱃전 가까이에서 소용돌이치며 물 속으로 사라져 용골(배의 바닥 중앙을 받치고 있는 긴 나무 판자) 밑으로 들어간 모양이었다.

"밧줄을 끊어라! 끊어!"

본선에서 보트를 향해 외쳤다. 그 순간 보트는 본선에 부딪혀 산산조각이 날 뻔하였다. 하지만 보트는 밧줄이 충분한 데다 고래의 잠수도 그다지 빠르지 않아서 밧줄을 길게 내 주고 어르며 간신히 뱃머리 쪽으로 나아갈 수 있었다. 잠시 안도의 숨을 내쉬는 순간, 이번에는 갑자기 용골에 벼락을 맞은 것처럼 진동이 일며 배가 뒤집힐 듯 요동을 쳤다.

곧이어 다시 고래가 나타났다. 보트는 쏜살같이 질주했고, 기진맥진한 고래는 속력을 늦추고 아무렇게나 방향을 바꾼 채 두 척의 보트를 끌고 고물 쪽으로 돌아 나갔다. 그러는 사이에도 두 척의 보트는 계속 밧줄을 잡아당겨 고래 가까이로

스텁과 플라스크, 참고래를 잡다

다가갔다. 피쿼드 호를 빙빙 돌던 보트와 고래의 치열한 격투는 계속되었다.

마침내 스텁과 플라스크는 작살을 맞대고 소리쳤다.

"받아라!"

여기저기 작살이 꽂힌 고래는 피를 뿜으며 몸부림을 치다가 몸이 뒤집힌 채 숨을 거뒀다. 두 보트의 우두머리는 고래를 끌고 오기 위해 밧줄을 잡아 매면서 이야기를 주고받았다.

"도대체 뭐 때문에 저 늙은이가 이런 형편없는 기름 덩어리를 잡으라고 한 걸까?"

스텁은 이 따위 천한 고래를 상대로 기진맥진한 게 억울하다는 듯 투덜거렸다.

"그걸 모른단 말인가? 패들러가 언젠가 말했지. 향유고래 머리를 오른쪽 뱃전에, 참고래 머리를 왼쪽 뱃전에 매달면 그 배가 가라앉지 않는다고 말이야. 그자는 배에 관한 주술이라면 모르는 게 없는 것 같아. 나는 때때로 그자가 나중에 요술을 부려서 배를 가라앉히지 않을까 생각한다니까."

"자네는 그놈의 그 엉터리 같은 말을 믿나? 그놈은 악마라니까. 그놈의 꼬리가 보이지 않는 건 그걸 말아 올려 감춰 버렸기 때문이야. 둘둘 말아서 호주머니에 처넣고 있는 거라고. 죽일 놈!"

스텁은 화를 풀풀 내며 말했다.

그러자 남은 밧줄을 이물(배의 앞쪽)에 감던 플라스크가 물

모비 딕

었다.

"그런데 선장은 뭐 때문에 그자를 소중히 여기는 걸까?"

"뭔가 꿍꿍이속이 있겠지. 선장은 모비 딕을 쫓는 데만 정신이 팔려 있지 않은가. 그러니 그 악마가 그 틈을 타 선장을 그럴 듯하게 꼬드겨서 이익을 챙길 속셈이겠지."

"흥, 말도 안 돼! 패들러가 어떻게 그럴 수 있지?"

"난들 알겠나. 아무튼 신에게 맹세컨대, 그 악마는 선장과 거래를 끝내기도 전에 죽고 말걸세. 만약 내 말이 거짓이라면 이 고래를 한입에 먹어 버리겠어. 이봐, 조심하게. 그쪽 준비는 다 끝났는가? 그렇다면 자, 저어라. 뱃전에 고래를 갖다 대자."

두 척의 보트는 본선을 향해 서서히 나아갔다. 그 때 또 플라스크가 물었다.

"스텁, 대체 패들러는 몇 살이나 되었을까?"

"저 큰 돛대가 보이지? 저걸 숫자 1이라고 치세. 그리고 선창에 있는 통을 몽땅 들고 나와 그걸 끈으로 매어 0이라 친다음, 저 돛대 옆에 늘어놓는다 생각해 봐. 그게 100이 되고 1,000이 되어도 그놈의 나이에는 미치지 못해."

"그런데도 자넨 기회만 있으면 패들러를 물에 처넣겠다고 큰소리를 치고 있나?"

"아니, 플라스크, 내가 그놈을 무서워하기라도 한단 말인

스텁과 플라스크, 참고래를 잡다

가? 조금이라도 수상한 기미가 보이면 나는 그놈의 호주머니에 손을 넣어 꼬리를 잡아채고 말걸세. 그리고 돌아가면소 회초리로 팔아 버릴 거야. 뭐 다른 데 쓸모가 있어야지."

그러는 사이 보트는 환호 속에 본선으로 돌아왔고, 고래는배 왼쪽으로 끌려갔다. 거기에는 고래를 붙들어 맬 갈고리 쇠사슬과 그 밖에 필요한 도구가 이미 다 갖추어져 있었다.

"두고 보게. 내 말대로 이 큰 고래의 대가리를 저 향유고래의 반대쪽에 매달 테니 말이야."

잠시 후, 플라스크의 말대로 선원들은 참고래의 머리를 잘라 왼쪽 뱃전에 매달았다. 그러자 향유고래 때문에 기울어졌

던 배는 그제야 균형이 잡혔다. 배는 굉장히큰 짐바구니를 양 옆에 실은 당나귀의 모습과 비슷해졌다.

선원들이 참고래를 처리하는 동안 패들러는 노을에 물든 긴 그림자를 드리운 채 말없이 참고래의 머리를 바라보았다.

대부분의 고래들은 앞이마 부분에 매우 값비싼 경뇌유라는기름이 들어 있다. 큰 고래에서는 보통 2천 리터가량의 경뇌유가 나온다. 이는 마치 독일 하이델베르크 성에 있는 큰 술통을 머리 윗부분에 지니고 있는 것 같다 하여 고래잡이들은고래 머리에 든 기름통을 술통이라 불렀다. 대부분 큰 고래의

술통은 자기 몸의 3분의 1을 차지하고 있다. 따라서 고래의 길이가 25미터라면 머리가 뱃전에 매달렸을 때 술통의 길이는 무려 8미터나 되는 셈이다. 이 술통 속의 기름은 고래가 숨이 붙어 있을 때는 액체 상태지만 죽은 뒤 공기를 쐬면 굳는 성질이 있다. 그래서 고래를 잡자마자 제일 먼저 기름을 퍼내야만 하였다.

마침내 갑판에서는 경뇌유를 퍼내는 작업이 시작되었다. 타시테고가 고양이처럼 날렵한 자세로 가름대 위로 다가가 밧줄을 타고 미끄러져 교묘하게 고래 머리 꼭대기로 내려왔다. 그 곳은 다른 모든 선원들보다 훨씬 높은 위치였다. 타시테고는 자루가 짧은 고래 삽으로 보물을 찾으러 다니는 사내처럼 고래의 술통을 벌릴 곳을 신중하게 살폈다.

마침내 술통 구멍을 뚫은 타시테고는 쇠테를 단단히 끼운 양동이를 술통 깊이 집어 넣어 기름을 퍼서 재빨리 내려 보냈다. 그 안에는 방금 짠 우유처럼 거품이 나는 고래 기름이 가득 들어 있었다. 선원들은 그걸 받아서 기름통에 부었다.

깊이가 무려 8미터나 되는 고래 술통에서 기름을 퍼내는 일은 결코 쉬운 일이 아니었다. 타시테고는 한 손으로 고래 머리를 뱃전에 매단 밧줄을 쥐고, 또 한 손으로는 긴 막대기가 달린 기름통을 들고 끝도 없이 퍼 나르는 위험한 일을 계속했다. 이렇게 거의 80번, 90번째의 양동이가 기름을 철철 흘리며 올라올 때였다.

스텁과 플라스크, 참고래를 잡다

"으악!"

가엾은 타시테고가 우물의 두레박처럼 큰 술통 속으로 곤두박질쳐서 떨어지고 말았다. 타시테고가 밧줄을 잡고 있던 한쪽 손을 놓친 것인지, 발판이 너무 불안하고 미끄러운 탓인지, 아니면 악마가 훼방을 놓은 탓인지 알 수 없었다.

"타, 타시테고가 술통으로 떨어졌다!"

"당장 구해야 해!"

모든 선원이 어안이 벙벙해 정신을 차리지 못하고 있을 때, 제일 먼저 정신을 차린 건 대구였다.

"물통을 이쪽으로 보내라!"

대구는 몸을 안정시키기 위해 한 발을 물통 속에 집어 넣었다. 그리고 한 손은 밧줄을 잡고, 타시테고가 완전히 술통 바닥까지 내려가기 전에 밧줄을 고래 머리 꼭대기까지 끌어올렸다. 그 때였다. 갑자기 고래 머리에 매여 있던 두 개의 갈고리 중 하나가 끊어져 버렸다. 다른 한쪽 고리도 전체의 무게를 이기지 못한 채 금방이라도 끊어질 것만 같았다.

"내려가, 내려가!"

선원들은 대구를 향해 소리쳤다. 그러나 대구는 거꾸로 떨어지더라도 매달려 있을 수 있도록 굵직한 밧줄 하나를 단단히 움켜쥔 채 말했다.

"양동이를 고래 술통에 집어 넣어야겠어."

대구는 타시테고가 그걸 잡으면 끌어올려 줄 셈이었다. 그 순간 스텁이 소리쳤다.

"이봐, 기다려! 쇠테 두른 양동이를 밀어 넣었다가 타시테
고가 머리를 다치면 어쩔 셈인가? 당장 그만둬!"

그 때였다. 거대한 고래 머리가 우레 같은 소리를 내며 소
용돌이에 휩쓸리듯 바닷속으로 떨어졌다. 남은 밧줄 하나마
저 끊어진 것이었다. 엄청난 물보라 속에서 대구는 재빨리 도
르래에 매달려 그네를 타듯 물 위에서 대롱거렸다. 그러나 안
타깝게도 고래의 술통에 빠진 타시테고는 바다 밑으로 가라
앉고 말았다. 선원들은 그 모습에 놀라 숨을 죽인 채 멍하니
바라볼 뿐이었다. 그 순간, 누군가가 한 손에 작살을 든 채
용감하게 물 속으로 뛰어들고 있었다. 바로 내 친구 야만인
퀴퀘그였다.

"저, 저런!"

모두들 우르르 뱃전으로 달려갔다. 하지만 가라앉은 사람
도 뛰어든 사람도 보이지 않았다. 몇 사람은 뱃전에 있는 보
트로 뛰어내려 그들이 사라진 쪽으로 노를 저어 갔다.

"우아!"

한참 후 대구가 소리 높여 외쳤다. 뱃
전에서 멀리 떨어진 바다의 푸른 파도
속에서 팔 하나가 쑥 올라왔다. 그것은
마치 묘지의 풀숲 사이로 불쑥 솟구쳐
나온 손처럼 무시무시해 보였다.

모비 딕

"오, 둘이다. 둘! 두 사람이다!"

대구가 다시 환호성을 질렀다. 이윽고 퀴퀘그가 한 손으로는 인디언의 긴 머리카락을 움켜쥐고, 또 한 손으로는 물결을 헤치며 다가오는 게 보였다. 그들은 기다리고 있던 보트에 건져졌고, 곧 갑판 위로 올려졌다. 타시테고는 좀처럼 정신을 차리지 못했고, 다부진 퀴퀘그마저 기진맥진해 있었다.

선원들이 궁금하다는 듯 주위로 몰려들자 퀴퀘그는 지친 목소리로 말했다.

"천천히 가라앉는 고래 머리를 따라가서 예리한 작살로 밑바닥 근처의 옆쪽을 찔러 커다란 구멍을 냈어. 그런 다음 그 구멍에다 팔을 쑥 집어 넣어 타시테고를 찾았지. 처음에는 다리가 만져졌는데 다리는 마땅히 잡을 데가 없어서 도로 들이밀었어. 그 다음에는 손을 더듬어 머리를 찾아 움켜쥐고 끌어 낸 거야."

이런 퀴퀘그의 용감한 행동은 두고두고 잊을 수 없는 성공담이 되어 사람들에게 알려졌다.

스텁과 플라스크, 참고래를 잡다

융프라우 호를 만나다

그 일이 있고 얼마 후 우리는 항해를 하다가 독일인 고래잡이 배, 융프라우 호를 만났다. 융프라우 호는 어쩐 일인지 우리 배를 보고는 매우 적극적으로 신호를 보내며 반가워했다. 융프라우 호는 아직 상당한 거리가 있었는데도 바람이 불어오는 쪽으로 뱃머리를 돌려 보트를 내렸다. 선장은 이물에 서서 초조한 얼굴로 우리 쪽으로 가까이 다가왔다.

"저 사람 손에 들고 있는 게 뭘까? 혹시 기름통 아닌가?"

스타벅은 독일인이 손에 들고 흔드는 걸 가리키며 물었다.

"그럴 리가. 저건 커피 주전자 같은걸! 맞아, 저 배는 지금 친절하게도 우리에게 커피 대접을 하러 오는 모양이군. 아무튼 독일인들은 참 기특하다니까."

스텁이 비아냥거리듯 말했다. 그 때 옆에 있던 플라스크가
소리쳤다.

"그만둬. 저건 기름통이야! 배에 기름이 떨어져서 얻으러
오는 거라고."

융프라우 호 선장이 갑판에 올라오자 에이허브 선장은 그
가 손에 들고 있는 것에는 관심없다는 듯 대뜸 물었다.

"그래, 모비 딕을 보았소?"

독일인 선장은 서툰 영어로 모비 딕에 대해서는 전혀 아는
게 없다고 말했다. 그러고는 화제를 돌려 항구를 떠날 때 가
져온 기름이 한 방울도 남아 있지 않은 데다 부족한 기름을
채우고 싶어도 날치 한 마리 잡히지 않아 그야말로 밤에는 침
대를 찾기조차 힘들 지경이라며 엄살을 떨었다. 이윽고 필요
한 기름을 내 주자 그는 보트를 몰아 바로 떠났다.

그런데 그 독일인 선장이 본선에 채 도착하기도 전에 한 떼
의 고래가 돛대 망루에서 발견되었다. 독일인 선장은 기름을
본선에 건네 주려고도 하지 않고 곧바로 뱃머리를 돌려 거대
한 '기름통' 뒤를 쫓기 시작했다.

이 고래 떼는 바람이 불어가는 쪽에서 떠올랐기 때문에 독
일인 선장과 뒤이어 달려온 세 척의 독일 보트는 피쿼드 호보
다 훨씬 앞서서 나아갔다.

고래는 모두 여덟 마리였다. 고래는 위험을 느꼈는지 바람
을 받으며 마차를 끄는 여덟 마리의 말처럼 나란히 떼 지어

전속력으로 물결을 헤쳐 달아났다. 고래 떼 중에는 크고 혹이 달린 늙은 고래 한 마리가 있었다. 헤엄치는 것도 느리고, 노란 피부를 가진 것으로 보아 황달이나 그 비슷한 병에 걸린 것 같았다. 게다가 이 고래는 물을 뿜는 것도 짧고 느린 데다 뒤에서는 물결이 부글부글 뒤끓고 있었다.

"아무래도 저놈은 배탈이 난 모양이야. 이런, 엉덩이에서 이렇게 구린 바람이 불어 오는 건 처음 보네. 누구 설사약 없나?"

늙은 고래는 무거운 몸뚱이를 흔들며 이리저리 비틀거렸다. 고래가 그렇게 구불구불 헤엄치는 건 그의 오른쪽 지느러미가 밑뿌리밖에 남지 않았기 때문이었다. 싸우다가 잃은 것인지 날 때부터 없는 것인지는 알 수 없었다.

양쪽 배의 보트들은 이 한 마리의 늙은 고래를 목표로 삼았다. 그놈이 가장 크고 가치가 있어서가 아니라 제일 가까이 있다는 이유 때문이었다. 게다가 다른 고래들은 빠른 속력으로 도망치고 있어서 따라잡을 수도 없었다.

피쿼드 호는 독일인 선장의 보트가 먼저 고래에게 작살을 꽂을까 봐 초조해하면서 뒤쫓아갔다. 독일인 선장 쪽은 당연히 그리 될 것이라는 듯 자신만만한 태도로 피쿼드 호를 비웃으며 거만하게 기름통을 내흔들고 있었다.

"은혜를 모르는 더러운 녀석들! 불과 5분 전에 가득 채워 준 기름통을 들고 나를 놀리다니! 자, 어서 저어라!"

모비 딕

스타벅은 격렬한 목소리로 외쳤다.

스텁도 지지 않고 선원들에게 외쳤다.

"다들 내 말 잘 들어라! 저 독일 악당 놈들한테 고래를 뺏기고 싶지 않구나. 그러니 어서 노를 저으란 말이다. 제일 잘하는 놈에겐 브랜디 한 병을 주마. 아니, 그런데 누가 닻을 내렸나? 배가 조금도 움직이지 않으니 말이다! 이봐, 이러다 배 밑에 풀이 나겠구나. 돛대에서 싹이 돋고 말이야. 저 독일 놈들을 좀 보란 말이야!"

또 한쪽에서는 플라스크가 날뛰며 외쳤다.

"이봐, 저 늙은 고래가 뿜어 내는 거품을 보라고. 그리고 저 굉장한 혹을 봐! 맛있는 쇠고기를 잔뜩 쌓아 놓은 것 같군. 좋아, 저녁은 틀림없이 구운 과자와 대합 요리로 한턱 낼 거다. 그러니 기운 차려! 저 고래는 기름 100통짜리야. 놓치면 가만 안 둘 테다. 저 독일 놈들을 따라잡아! 너희는 향유를 좋아하지 않는가? 저건 3천 달러짜리다. 은행이라고! 은행이 헤엄을 치고 있다. 자, 가자!"

그 순간 독일인 보트에서 기름통을 내던졌다. 피쿼드 호의 보트가 추월하려 하자 방해하려는 수작이었다. 화가 난 피쿼드 호의 세 척의 보트는 거의 나란히 독일인 보트에 다가갔다. 그러나 독일인 선장 보트가 워낙 앞서 출발을 해 아무리 분발하더라도 그쪽이 승리할 게 분명해 보였다.

그 때 하늘의 심판이 내려졌다. 독일인 선장 보트의 한가운

융프라우 호를 만나다

데에 있던 선원이 노를 너무 물 속 깊이 넣는 바람에 그만 노가 걸리고 말았다. 풋내기 선원은 당황하여 노를 빼내려 하였지만 오히려 보트는 뒤집어지려 하였다. 독일인 선장이 온갖 욕설을 퍼부으며 가엾은 노잡이를 야단치는 동안, 그 틈을 타 스타벅과 스텁, 플라스크는 환호성을 지르며 전속력으로 달려 마침내 독일인 보트와 비스듬히 서게 되었다.

이제 네 척의 보트는 나란히 서서 고래의 바로 뒤, 고래가 하얀 물거품을 일으키는 한가운데로 말려 들어갔다. 고래는 여전히 이쪽 저쪽으로 마구 뒹굴며 물 속으로 쑥 들어갔다 위로 솟구쳤다 야단이었다.

그 때 선두 자리에 이어 고래마저 빼앗기게 될 거라고 여긴 독일인 선장은 마치 모든 걸 운에 맡기려는 듯 작살잡이에게 멀리서 작살을 던지라고 명했다. 하지만 그 작살잡이가 일어나기도 전에 세 마리의 호랑이 같은 퀴퀘그, 타시테고, 대구가 본능적으로 벌떡 일어나 일제히 작살을 던져 고래 몸뚱이에 명중시켰다.

세 척의 보트는 고래가 하얀 물보라를 일으키며 미친 듯이 질주하자 가까이에 있던 독일인 보트와 부딪치고 말았다. 그 바람에 독일인 선장과 작살잡이는 보트에서 나가 떨어지고, 세 척의 보트 뒤로 밀려났다.

스텁이 그걸 보고 소리쳤다.

"겁낼 것 없어. 버터 주머니! 나중에 건져 주겠어. 이런, 저기 뒤쪽에 상어가 나타났군. 자아, 이대로 달리자. 미친 호랑이 꼬리에 붙들어 맨 깡통처럼 우리는 달린다! 만세! 바다의 악마를 보러 갈 때도 이런 기분이겠구나."

고래는 갑자기 허덕이는가 싶더니 물을 가르고 바닷속으로 들어가 꼼짝 않고 있었다. 고래잡이 용어로 '버티기'에 들어간 것이다. 하지만 고래로서는 오래 가라앉아 있을수록 더욱 지치게 된다. 다 자란 향유고래의 표면적은 약 200미터나 되기 때문에 수압 또한 엄청났다. 거의 200길(1길은 2.4m 또는 3m)이나 되는 바닷물 기둥을 등에 얹은 것과 다름없기 때문이다. 어떤 고래잡이는 그 무게를 대포와 장비와 사람을 가득 실은 군함 20척의 무게 정도라고 하였다.

세 척의 보트는 부드럽게 물결치는 바다 위에 멈춰 선 채 깊고 푸른 바닷속을 유심히 들여다보았다. 그 깊은 곳에서는 이제 어떤 신음 소리나 거품 하나도 떠오르지 않았다.

"준비! 움직인다!"

스타벅이 외쳤다. 마침내 삶과 죽음 사이를 헤매고 있는 고래의 희미한 신음 소리가 들려 왔다. 조금 전까지만 해도 팽팽하던 작살 밧줄이 물방울을 튀기며 빠르게 보트 안으로 쭉 밀려 올라왔고, 잠시 후 고래는 조금 떨어진 곳에서 수면을 가르며 나타났다.

그런데 이 고래의 혹 아래 살점에 언제부터인지 모를 녹슨

융프라우 호를 만나다

작살 하나가 고스란히 박혀 있었다. 게다가 작살 부근에서는 돌창 끝도 발견되었다. 이 돌창은 누가 언제쯤 박은 것일까? 아메리카 대륙이 발견되기 훨씬 전에 인디언이 던진 것인지도 몰랐다.

본선이 도착하기를 기다리는 동안 고래는 마치 자신이 간직한 보배를 빼앗기지 않겠다는 듯 자꾸만 가라앉았다. 본선이 다가와 단단한 쇠줄로 고래를 뱃전에 매달았지만 작업 중에도 고래는 자꾸만 가라앉았다. 그대로 있다가는 그 무게를 이기지 못해 피쿼드 호가 뒤집어질 지경이었다.

"이봐, 기다려! 안 기다릴 거야? 그렇게 빨리 가라앉지 않아도 되잖아. 제기랄! 무슨 수를 쓰지 않으면 우리도 저승길이다! 지레로 움직여도 소용없어. 에잇, 할 수 없다! 쇠줄을 끊어 버려!"

스텁이 안타깝게 외쳤다. 그러자 퀴퀘그가 큰 도끼를 들고 나와 제일 큰 쇠줄을 내려쳤다. 마침내 무시무시한 굉음을 내며 쇠줄이 끊어지고 기울었던 배가 똑바로 섰고, 고래의 시체는 가라앉고 말았다.

이처럼 잡아 놓은 향유고래가 가라앉는 건 이따금 일어나는 일이지만 어떤 어부도 아직 이에 대해 충분히 설명한 적은 없었다. 일반적으로 죽은 향유고래는 물에 잘 떠서 옆구리와 아랫배를 수면 위로 비교적 높이 떠오르게 한다. 가라앉는 경우, 늙은 고래라 해서 가라앉는 건 아니고 건강하고 젊은 고래도 때때로 가라앉는 경우가 있다. 게다가 향유고래는 다른 고래에 비해 가라앉을 확률이 훨씬 낮은데, 비율로 보면 참고래 스무 마리당 향유고래는 한 마리 정도 가라앉는다고 한다.

고래의 시체가 가라앉은 지 얼마 되지 않아 피쿼드 호의 큰 돛대에서 융프라우 호가 다시 보트를 내려 수염고래를 쫓는다는 외침이 들려 왔다. 그 수염고래는 대단히 빨라 도저히 잡을 수 없는 종족이었다. 하지만 수염고래의 물뿜기는 향유고래의 물뿜기와 매우 비슷해서 미숙한 선원들은 자주 착각을 하곤 하였다. 독일인 선장과 선원들은 그것도 모르고 가까이 할 수 없는 짐승을 향해서 용감하게, 희망에 넘쳐 추격을 하고 있었다.

오, 세상에는 수염고래도 많지만 또한 독일인 선장 같은 친구도 많이 있다.

고래 함대

　순풍을 받은 피쿼드 호는 순다 해협(인도네시아 서부, 자바 섬과 수마트라 섬 사이에 있는 해협) 쪽으로 갔다. 에이허브 선장의 계획은 이 해협을 지나 자바 해로 들어간 다음, 거기에서 다시 향유고래가 나타나는 것으로 알려진 북쪽 해역을 지나 필리핀 군도를 가로질러 멀리 일본 앞바다까지 가는 것이었다.

　전 세계의 유명한 향유고래 어장을 돌아다니다 이제 마지막으로 태평양 적도로 내려온 피쿼드 호는 비록 다른 해역에서는 모비 딕을 찾지 못했지만, 모비 딕이 가장 잘 나타난다고 알려진 이 바다에서는 반드시 만날 것이라 확신했다.

　과연 순다 해협 근해에서는 이제까지 수많은 향유고래가

잡혔다. 돛대에 올라가 망보기를 하던 선원은 눈을 똑바로 뜨고 보라는 주의를 되풀이해 들어야 했다. 그러나 어디에도 고래가 몰고 다니는 흰 물보라는 보이지 않았다.

한 마디 덧붙이자면, 근래 향유고래들은 사대양에서 끝없이 잡혀 왔기 때문에 전처럼 몇 마리씩 다니기보다는 큰 무리를 이뤄 다니는 일이 많아졌다. 마치 고래 패거리가 동맹을 맺고 큰 군대를 이루고 있는 것 같았다. 그래서 가장 이름난 어장에서조차 몇 주일, 아니 몇 달 동안 단 한 번의 물뿜기도 보지 못하다가 갑자기 수천, 수만 마리의 물뿜기를 보게 되는 경우도 있었다.

마침내 얼마 안 가 피쿼드 호는 큰 고래 떼를 만났다. 뱃머리 양쪽 3, 4킬로미터 내에서 수평선 가득 반원을 그리며 고래의 물보라가 솟아올랐다.

피쿼드 호는 돛을 활짝 펴고 그들을 뒤쫓았다. 작살잡이들은 작살을 들고, 뱃전에 매달려 있는 보트 위에서 큰 소리를 질러 댔다. 이 큰 무리의 고래 떼 속에 모비 딕이 있을지도 모를 일이었다. 그런데 갑자기 타시테고가 뒤쪽을 가리키며 소리 높여 외쳤다.

"해적이다, 해적이 나타났다!"

망원경으로 그쪽을 바라보던 에이허브 선장은 고래 뼈 다리를 회전 구멍에서 한 바퀴 휙 돌리며 소리쳤다.

"돛대로 올라가라! 채찍과 물통으로 돛을 적셔라. 말레이놈들이 쫓아오고 있다!"

이 해적들은 피쿼드 호가 완전히 해협으로 들어올 때까지 곶 뒤에 숨어 있다가 열심히 뒤따라오고 있었다. 마침 순풍이 불어 와서 피쿼드 호는 열심히 내달리고 있었고, 뒤에서 황갈색의 해적들이 쫓아오자 우리를 고래 쪽으로 더욱 몰아세우는 셈이 되었다. 해적들은 피쿼드 호의 속도를 미처 따라잡지 못하고 차차 멀어졌다. 그러는 동안 배는 수마트라 쪽의 해협을 가로질러 더 넓은 바다로 나아갔다. 고래 뒤를 계속 쫓는 동안 고래들의 속도도 점차 떨어지기 시작했다.

바람이 차츰 잦아들자 보트가 내려졌다. 거의 2킬로미터나 떨어져 있었음에도 향유고래는 본능적으로 보트가 다가오는 걸 알아차렸다. 그리고 곧 대열을 정비하더니 물보라를 일으키며 더욱 재빨리 달아나기 시작했다.

두 시간쯤 지나자 놀라운 일이 벌어졌다. 군대처럼 대열을 이뤄 달리던 고래들이 지휘자를 잃은 듯 이리저리 마구 헤엄치며 둥그렇게 퍼져 나간 것이다. 떼를 지어 사는 대부분의 동물들이 그렇듯이 위험을 느낀 순간 겁쟁이처럼 살 길을 찾아 뿔뿔이 도망가는 모습이었다.

보트는 각각 흩어져 무리 가장자리에서 떨어져 있는 고래를 노렸다.

"이얍!"

마침내 퀴퀘그의 작살이 던져졌다. 명중이었다. 고래는 눈을 뜰 수 없을 만큼 큰 물보라를 일
으키며 고래 떼가 둥그렇게 모여 있
는 한복판으로 우리를 끌고 갔다.
우리는 바다 위에 한 줄기의 하얀
선을 그으며 미끄러져 나가 졸지에
우왕좌왕하는 고래 떼에게 포위당한 꼴이 되었다.

　그러나 퀴퀘그는 눈 하나 까딱하지 않고 키를 잡고 있었다.
보트 앞쪽을 가로막고 있는 큰 고래를 살짝 피하고, 거대한
꼬리지느러미가 머리 위로 떨어져 내리는 걸 날렵하게 피했
다. 스타벅은 뱃머리에 서서 고래에게 작살을 연달아 던져 댔
다. 노잡이들도 구경만 하고 있지 않았다. 우리는 보트에 세
개의 드럭(주위에 많은 고래가 있을 때, 단번에 다 죽일 수 없으
므로 도망가지 못하게 해 놓는 장치)을 갖추고 있었는데, 첫째
와 둘째 드럭에 붙어 있는 작살이 보기 좋게 명중을 하였다.

　고래는 비틀거리며 도망치려 했으나 옆에 걸리는 드럭 때
문에 옴짝달싹하지 못했다. 그런데 셋째 드럭이 보트 의자 모
서리에 걸리는 바람에 의자가 부서지면서 노잡이 하나가 바
닥에 엉덩방아를 찧었다. 게다가 부서진 뱃전으로 바닷물이
새어들었다. 우리는 다급히 셔츠를 벗어 틀어막았다.

　주변에서는 다른 보트들도 쉴새없이 고래 떼와 싸우고 있
었다. 고래들은 겁에 질려 정신을 잃었다가 다시 깨어난 듯
꾸물꾸물 모이더니 서로 밀치락달치락 가운데로 몰려들었다.

"퀴퀘그, 노를 잡고 정신 바짝 차려! 그래, 그놈이야. 어서 찔러, 찔러 버려! 어서 뛰어넘으라고! 고래 등 같은 건 겁낼 것 없어! 자, 넘어!"

스타벅이 퀴퀘그와 자리를 바꿔 고물로 가서는 키를 잡은 채 외쳤다. 마침내 두 마리의 고래 사이에 끼어 있던 보트는 죽을힘을 다해 간신히 출구를 찾아 고래 떼 밖으로 빠져 나왔다. 일행이 잃은 것은 퀴퀘그의 모자 하나뿐이었다.

이제 빠르게 도망치는 고래를 뒤쫓는 건 무의미한 일이었다. 다행히 도망치지 못하게 드럭을 던져서 잡은 고래 한 마리가 있었다. 플라스크가 죽여서 이미 깃발 하나를 꽂아 둔 그 고래가 수확물의 전부였다. 고래잡이들이 했던 '고래가 많으면 잡은 것은 얼마 안 된다.'는 말이 딱 들어맞았다.

용연향

그로부터 열흘쯤 지난 어느 날이었다. 선원들은 어디선가 풍겨 오는 고약한 냄새에 코를 싸쥐었다.

"어딘가에 지난번에 우리가 드럭을 먹인 고래 녀석이 있는 게 틀림없어. 내기를 해도 좋아!"

스텁이 코를 벌름거리며 말했다. 이윽고 안개가 걷히자 멀리 배 한 척이 눈에 띄었다. 가까이 가 보니 프랑스 국기를 달고 있었다. 배 주위에는 죽은 고기를 쪼아 먹고 사는 바닷새들이 구름처럼 날았다가 덤벼드는 게 보였다. 아무래도 그 배는 죽은 고래를 가로챈 '폐물'로 보였다. 아니나다를까, 프랑스 배 가까이로 가 보니 뱃전에 한 마리의 고래가 달려 있었다. 그리고 다른 뱃전에는 더욱 고약한 냄새를 풍기는 또 다른 고래도 달려 있었다.

"이거 재미있게 되었는걸. 저기 저 두꺼비 놈들이 우리 드
럭에 걸린 놈을 얼씨구나 하고 달고 다니는구먼. 고래 뼈를
파내어 기름을 얻으려는 속셈이겠지. 가만, 저 말라빠진 고
래는 기름보다 더 좋은 걸 가지고 있을지도 몰라. 바로 용
연향이지. 이거 한번 해 볼 만하군."

스텁은 고래 꼬리에 친친 감겨 있는 밧줄 끝에 자기의 고래
삽이 얽혀 있는 걸 보며 입맛을 다셨다.

악취를 풍기는 배 가까이에 가 보니, 뱃
머리에는 화려한 프랑스인 취미에 맞게 조
각된 장미가 보이고 그 끝에 '장미 봉오
리'라는 배 이름이 붙어 있었다.

스텁은 코를 감싸 쥔 채 물었다.

"이봐, 장미 봉오리. 영어 할 줄 아는 사람 없나?"

"있지!"

영국 해협 근처 출신인 일등 항해사가 뱃전에서 대답했다.

"그럼 자네들 모비 딕을 보지 못했나? 흰고래 말이야."

"그런 고래는 들어 본 적이 없어."

"그렇다면 좋아. 곧 다시 돌아오겠네."

스텁은 돌아가 에이허브 선장에게 보고하였다.

"못 봤다는군요, 선장님."

그 소리를 듣자 에이허브 선장은 선장실로 들어가 버렸다.

스텁은 다시 프랑스 배로 돌아가 코를 감싸 쥐고 있는 일등 항해사에게 물었다.

"코가 어떻게 된 건가? 깨지기라도 했나?"

"차라리 깨지기라도 했으면 좋겠네. 그런데 자네 뭐 때문에 왔나?"

사내가 발끈해서 소리쳤다.

"이봐, 침착하라고. 그런데 이런 고래를 어디다 쓰려는 겐가? 설마 기름을 짜내려는 건 아니지? 이렇게 말라빠진 고래 시체에선 한 방울도 짜낼 수 없다는 걸 모르나?"

"모르긴 누가 몰라. 우린 선장이 시키는 대로 할 뿐이지. 전에 향수 공장을 하던 영감인데 통 내 말을 믿어 줘야 말이지. 혹시 자네 말이라면 믿을지도 모르지만. 그럼 난 이 난처하고 더러운 일을 안 해도 될 테고."

"좋아, 내가 자네를 좀 도와 주지."

스텁은 프랑스 배 갑판으로 뛰어 올라가서는 사내와 스스럼없이 이야기를 나눴다. 사내는 용연향에 대해 모르는 게 분명했다. '용연향'이란 참으로 진기한 물건이어서 모르는 사람이 많았다. 프랑스에서는 '잿빛 호박'이라고도 불리는 용연향은 사실 호박과는 엄연히 달랐다. 호박은 딱딱하고, 투명하고, 무르고, 향기가 없는 물질이지만 고래의 병든 내장에서 나온 용연향은 부드럽고, 끈끈하며 향기가 매우 강해서 향료로서의 가치가 매우 높았다.

용연향

어떤 양조업자는 적은 양의 용연향을 적포도주에 떨어뜨려 향기를 내기도 하였다. 프랑스 배의 선장은 이 용연향의 가치를 누구보다 잘 알고 있는 게 분명했다.

　마침내 프랑스 배 선장이 선장실에서 나왔다. 스텁은 일등 항해사인 사내를 통역으로 내세워 이야기를 하였다.

　"먼저 무슨 이야기를 할까?"

　사내가 스텁에게 물었다.

　"글쎄, '이 양반은 내가 보기에는 풋내기처럼 보이는군.' 하고 말해 주게."

　그러자 사내는 프랑스 말로 말했다.

　"선장님, 바로 어제 이 사람의 배가 다른 배를 만나 이야기를 나눴는데, 그 배의 많은 선원들이 배에 매달고 다니던 '폐물' 고래로부터 열병이 전염되어 모두 죽었다고 합니다. 그러니 선장님, 목숨이 아깝거든 이런 고래 따위는 하루빨리 바닷속에 버리지 않으면 큰일난다고 합니다."

　"뭐, 뭐라고?"

　선장은 얼굴이 노래져서 뱃전으로 달려가더니 당장 고래에 매여 있는 쇠줄과 밧줄을 끊으라고 명령했다.

　"이번엔 뭐라고 말할까?"

　사내가 물었다.

　"글쎄, '이것으로 너를 속였다.' 라고 말해 주게."

　스텁이 말하자 사내는 선장에게 말했다.

"선장님, 이 사람이 '도움이 되어서 기쁘다.'라고 말하고 있습니다."

선장은 오히려 자기가 감사할 일이라며 선장실에 가서 포도주를 대접하겠다고 하였다. 하지만 스텁은 다시 말했다.

"그건 고마운 일이지만 속인 상대와 술을 마시는 건 내키지 않는 일이니 그만 돌아가겠다고 말해 주게."

사내가 다시 말했다.

"선장님, 이 사람은 술을 끊었다고 합니다. 그리고 만일 선장님이 오래오래 살아서 술을 즐기고 싶다면 당장 네 척의 보트를 내려서 고래를 배에서 멀리 떨어진 곳에 떼어 놓는 게 좋을 거라고 합니다."

사내가 말을 하는 동안 스텁은 벌써 보트로 돌아와 우리에게 기다란 밧줄이 있으니 두 마리 고래 중에서 더 마른 고래를 끌어 주겠다고 사내에게 전했다.

마침내 프랑스 배는 고래를 내려놓고 멀리 떠났다. 스텁은 얼른 고래 시체로 보트를 저어가 날카로운 삽으로 고래 배지느러미 뒤쪽을 파기 시작하였다. 보트에 탄 선원들은 마치 금덩어리를 찾는 노다지꾼들처럼 눈이 벌게졌다. 마침내 코가 떨어져 나갈 것 같은 냄새 속에서 희미하게 향기로운 냄새가 한 줄기 피어 올랐다.

"있다, 있어! 용연향이야!"

스텁은 두 손을 깊숙이 찔러 넣어 묵직하고 향기 짙은 비누 같기도 하고, 치즈 덩어리 같기도 한, 희한한 향기가 풍기는 덩어리를 끄집어 냈다. 바로 용연향이었다. 이 용연향은 어느 약국에 가더라도 3그램에 1기니(영국의 옛 화폐 단위)의 돈을 받을 수 있는 가치를 지닌 것이었다.

여섯 움큼쯤 파냈을 때 에이허브 선장이 그만 배로 돌아오라며 명령을 내렸다. 스텁은 더 많이 파낼 수 있었지만 어쩔 수 없이 남은 용연향을 바다에 흘려 버린 채 돌아서야만 했다.

모비 딕

뼈로 만든 팔과 다리

"어이, 모비 딕을 보았소?"

어느 날 영국 국기를 단 사무엘 앤더비 호가 피쿼드 호와 스치듯 지나치게 되었을 때, 에이허브 선장은 확성기를 입에 대고 물었다. 보트의 이물에 기대어 선 채 구태여 고래 뼈 다리를 감추려 하지 않고 말이다. 그쪽 선장은 햇볕에 타서 거무스름하고 체구도 건장하며 사람도 좋아 보였다. 그의 옷 소매 한쪽은 바람에 날려 너풀거리고 있었다.

"그래, 모비 딕을 보았소?"

"이게 보이오?"

에이허브 선장이 다시 묻자, 그는 소매 속에 감추고 있던 한쪽 팔을 내밀어 보였다. 그것은 놀랍게도 향유고래 뼈로 만든 상앗빛 의수였다.

"내 보트를 내려라!"

에이허브 선장은 성급하게 명령하였다. 마침내 1분도 채 ~~다리 않아~~ 에이허브 선장과 패들러는 사무엘 앤더비 호의 뱃전에 닿았다. 그런데 기묘하고도 난처한 일이 벌어졌다. 선장은 너무 흥분한 나머지 자신이 한쪽 다리를 잃은 이래로 지금까지 바다에서 다른 배를 타 본 적이 없다는 걸 잊고 있었다.

피쿼드 호에는 특별히 고안된 편리한 장치가 있어서 배에서 오르내리는 데 아무런 지장이 없었지만 다른 배에는 그런 장비가 없었다. 그렇다고 바다 위에 떠 있는 보트에서 뱃전으로 기어 올라간다는 건 위험한 일이었다. 워낙 산더미같이 큰 파도가 보트를 뱃전 가까이 밀어 올렸다가도 한순간에 배 밑 용골까지 떨어뜨리기 때문이다.

에이허브 선장은 불편한 다리 때문에 혼자서는 배에 오를 수 없다는 걸 깨닫자 화가 나서 얼굴이 붉으락푸르락해졌다. 영국인 선장이 금방 그것을 눈치채고 말했다.

"아, 알았소. 알았소! 어서 고패(높은 곳에 깃발이나 물건을 달아 올리거나 내리기 위한 밧줄을 거는 갈고리)를 내려라!"

에이허브 선장은 그쪽 배에서 내려 준 큰 갈고리에 자신의 한쪽 다리를 밀어 넣은 뒤 밧줄을 단단히 붙들고는 뱃전으로 올라갔다. 영국인 선장은 환영의 뜻으로 스스럼없이 고래 뼈 팔을 들어 에이허브 선장을 얼싸안았다.

"어서 오시오!"

에이허브 선장도 바다코끼리처럼 큰 소리를 질렀다.

"여어, 참으로 반갑소! 뼈끼리 악수나 할까요? 고래 뼈로 만든 팔과 다리로 말이오! 그래, 어디서 모비 딕을 만났소? 아주 오래 된 일이오?"

에이허브 선장의 말에 영국인 선장은 고래 뼈 팔로 동쪽을 가리키면서 분노에 찬 얼굴로 대답했다.

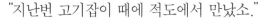

"지난번 고기잡이 때에 적도에서 만났소."

"그놈이 팔을 빼앗아 갔소?"

"그래요, 그놈 때문이지요. 당신 다리도 그런 거요?"

"그 얘길 어서 들려 주시오. 대체 어떻게 된 거요?"

"생전 처음 적도에서 고기잡이를 한 나는 그 모비 딕이라는 놈에 대해선 까맣게 모르고 있었소. 어느 날 보트를 내려 네댓 마리의 고래를 쫓다가 그 중 한 놈에게 작살을 던졌는데 그놈은 서커스의 말처럼 빙글빙글 돌고만 있지 뭐요. 우리 선원들이 보트의 중심을 잡으려 애쓰고 있는데, 바다 밑에서 갑자기 큰 고래 한 마리가 엄청난 물보라를 일으키며 솟아올랐소. 머리와 혹이 우윳빛에다 몸은 온통 주름투성이였소. 그리고 오른쪽 지느러미 근처에 작살 한 개가 꽂혀 있는 어마어마하게 큰 고래였소."

"아, 그놈이오, 그놈! 그 작살은 바로 내 거라오! 어서 그 다음 얘길 해 주시오!"

에이허브 선장은 기뻐서 어쩔 줄 몰랐다.

"그놈이 밧줄을 물어뜯었고, 나는 난생 처음 보는 그 큰 고래를 어떻게든 잡고 싶었소. 놈은 미친 듯이 화를 내는 듯했지만 내 보트에도 그놈 못지않은 녀석들이 있었다오. 바로 마운톱이라는 일등 항해사였소. 나는 마운톱의 보트에 올라타서는 작살을 잡고 늙은 고래를 향해 던졌어요. 그런데 어찌 된 일인지 갑자기 아무것도 보이지가 않았다오. 엄청난 물보라 때문에 눈앞이 깜깜해진 거였소. 그 순간 녀석의 꼬리가 마치 대리석탑처럼 하늘로 치솟는 게 보였소. 이렇게 되면 도망쳐 봤자 소용없는 일. 내가 손을 더듬어 두 번째 작살을 집어 들고 막 던지려는 순간, 녀석의 꼬리가 내 보트를 덮쳐 박살을 내고 말았소. 나는 녀석의 무시무시한 공격을 피해 헤엄치면서 놈의 무서운 꼬리에 얻어맞지 않으려고 놈에게 박혀 있는 작살 자루를 꼭 잡고 매달려 있었소. 그러다가 거센 파도에 떠밀리나 싶었는데, 그놈이 갑자기 무서운 속도로 달렸고 끌려가던 내게 무언가 날아왔소. 그 두 번째 작살이 날아와 내 팔을 위에서 아래로 쭉 찢고 손목 위에서 떨어져 나가고는……. 그 다음 얘기는 이 배의 의사가 다 알고 있어요."

그 때 배의 의사가 한 마디 거들었다.

"선장은 구조되긴 했으나 정말 끔찍한 중상이었습니다. 제

뼈로 만든 팔과 다리

가 정성껏 간호를 해도 상처는 더욱 악화되기만 했습니다. 저렇게 살아난 게 기적이지요."

"그래, 모비 딕은 어떻게 되었소?"

에이허브 선장은 초조하게 물었다.

"오, 참 그렇군. 그놈이 물 속에 가라앉은 다음부터 한동안 보지 못했소. 그 때까지만 해도 난 나를 그토록 골탕먹인 놈이 어떤 놈인지 전혀 몰랐다오. 얼마 후 적도로 다시 돌아왔을 때 사람들한테 모비 딕의 이야기를 듣고, 비로소 그놈이라는 걸 알게 되었소."

"그렇다면 당신은 그놈을 다시는 못 만났다는 거요?"

"두 번 만났소."

"그러면 다시 작살을 던지지 않았소?"

"좀처럼 그놈에게 대들 마음이 생기지 않더군요. 놈에게 나머지 팔마저 잃어버리면 어떻게 한단 말이오? 게다가 모비 딕은 물어뜯기보다 삼켜 버리는 수가 더 많다고 하잖소? 이제 모비 딕이라면 질색이오. 놈을 죽인다면이야 큰 영광인 줄은 나도 잘 알고 있소. 질 좋은 기름도 엄청 나올 것이라는 것도 말이오. 하지만 그놈은 내버려 두는 게 제일이오. 안 그렇소, 선장?"

그는 에이허브 선장의 고래 뼈 다리를 흘깃 보며 말했다.

"하지만 난 놈을 쫓고 있소. 그놈은 혼자 내버려 두는 게 상책이지만, 그놈이 나를 자석처럼 끌어당긴단 말이오. 그

모비 딕

래, 선장이 그놈을 마지막으로 본 게 언제요? 어느 쪽으로 가고 있었소?"

"오, 이 사람은 펄펄 끓는 피를 가졌군. 이 사람의 맥박에 배가 흔들릴 지경이야. 어디 체온을 재 볼까?"

배의 의사는 에이허브 곁을 맴돌며 체온계를 꺼내 들었다.

"저리 비키시오! 패들러, 가자! 그런데 그놈은 어디로 갔소?"

에이허브 선장은 끈질기게 물었다.

"오, 동쪽으로 가는 것 같긴 했지만 당신네 선장은 미친 게 틀림없군."

영국인 선장은 패들러를 보며 낮게 부르짖었다.

패들러는 말없이 입술 위에 손가락을 갖다 대고는 재빨리 미끄러져 내려와 보트의 노를 잡았다. 에이허브 선장은 다시 고패에 실려서 내려왔다.

영국 배에서 내려 보트 고물에 선 에이허브 선장은 피쿼드 호의 뱃전에 닿을 때까지 꼼짝 않고 서 있었다. 모비 딕에 대해 아무런 증오도 미움도 가지지 않은 영국인 선장에게 실망한 기색이 역력했다.

에이허브 선장은 사무엘 앤더비 호에서 보트로 뛰어내릴 때 고래 뼈 다리가 부러질 듯한 충격을 받았다. 그는 하는 수 없이 목수에게 새 다리를 만들라는 지시를 내렸다. 항해사들

147

뼈로 만든 팔과 다리

은 지금까지의 항해에서 모아 둔 향유고래의 턱뼈들을 모두 목수에게 보여 줘 그 중에서 가장 질이 좋은 것을 고르게 했다. 이윽고 에이허브 선장은 목수에게 고장난 다리에 쓰인 부속품은 모두 버리고 새 부속품을 장만해서 만들라는 명령을 내렸다. 그 바람에 용광로가 갑판으로 올라오고, 대장장이까지 부산스럽게 움직여야만 했다.

"망할 놈의 줄! 망할 놈의 뼈! 부드러워야 할 놈은 단단하고, 단단해야 할 놈은 너무 무르단 말이야. 다른 놈을 하나 깎아 볼까. 응, 이놈이 더 낫구나."

목수는 구시렁거리며 다리뼈를 깎기 시작했다.

그 때 에이허브 선장이 다가와 목수가 하는 일을 우두커니 지켜 보더니 말했다.

"이봐 목수, 자넨 자신을 훌륭한 일꾼이라 생각하지? 그렇다면 자네가 만들고 있는 그 다리를 달고서도 나의 잃어버린 옛 다리, 피와 살로 된 그 다리가 계속 있는 것처럼 느껴진다면 그래도 자네가 훌륭한 목수인가? 자네는 그 빌어먹을 내 옛날 다리를 내쫓을 수 없단 말인가?"

"아, 선장님, 이제 이해하겠습니다. 팔이나 다리가 부러진 사람들은 그 후에도 자꾸만 이전처럼 팔다리가 꾹꾹 쑤시는 걸 느낀다고 하더군요. 하지만 솔직히 말씀드리면 저에

겐 좀 어려운 일이네요."

"오, 이미 잃어버린 다리의 아픔을 지금도 계속 느낀다면 비록 육체는 사라졌다 해도 불타는 지옥의 고통을 영원히 느끼는 것이나 다름없지. 아무튼 다리가 다 되려면 얼마나 걸리는가?"

"아마 한 시간이면 될 겁니다."

"그렇다면 빨리 만들어 오게. 오, 인생이여! 그리스 신처럼 자랑스러운 내가 뼈다귀에 올라타기 위해 이 멍텅구리에게 은혜를 입어야 하다니!"

에이허브 선장은 탄식을 늘어놓았다.

뼈로 만든 팔과 다리

퀴퀘그의 관

다음 날 아침, 선원들은 평소처럼 배 밑창의 물을 펌프로 퍼냈다. 그런데 놀랍게도 꽤 많은 양의 기름이 물과 함께 올라왔다. 배 밑창에 있는 기름통이 새고 있는 게 틀림없었다. 많은 양의 기름을 싣고 다니는 향유고래 배는 1주일에 두 번 선창에 기름통을 올려놓고 그 통을 바닷물에 적신다. 그리고 그 물을 다시 펌프로 퍼내는데, 이렇게 하면 통의 목재가 젖어서 꽉 죄어질 뿐 아니라 퍼낸 물을 조사하여 기름이 새고 있는지 알 수 있었다.

선원들이 놀라서 허둥대는 사이, 스타벅은 이 위급한 상황을 알리기 위해 부리나케 선장실로 달려갔다.

이 때 피쿼드 호는 남서쪽에서 타이완과 바시 제도로 다가

가고 있었다. 이 사이에 지나해에서 태평양으로 흘러가는 열대 해류가 가로놓여 있었다. 에이허브 선장은 동양의 여러 군도를 나타낸 해도와 일본 열도의 동쪽 해안이 나오는 지도를 펼쳐 놓고 항로를 살피는 중이었다.

"누구야? 당장 갑판으로 나가라!"

선장은 발소리를 듣고도 뒤돌아보지 않은 채 소리쳤다.

"선장님, 접니다. 기름이 새고 있습니다. 겹도르래를 감아 올려 통을 선창에서 꺼내야 합니다."

"뭐야? 이제 막 일본 가까이 왔는데 여기서 1주일이나 머물며 그깟 헌 통을 끌어올린단 말이냐?"

"그렇게라도 해야지요. 그렇잖으면 1년 걸려서 얻은 기름이 하루 만에 다 없어질 겁니다. 3천 킬로미터나 항해한 끝에 얻은 기름이니 소중히 다룰 만한 가치가 있지요."

"맞았어, 바로 그거야. 그놈을 잡기만 하면 되네."

"저는 지금 모비 딕이 아니라 선창의 기름 애길 하고 있는 겁니다."

"난 기름 따윈 생각하지 않아. 나가! 새도록 내버려 두라고! 나는 그깟 일로 멈추지 않아."

"선주들이 뭐라고 하겠습니까, 선장님."

"그 욕심쟁이들의 생각이야 어떻든 상관없어. 그러니 꺼져, 갑판으로!"

스타벅은 얼굴이 붉어져서는 용기를 내 말했다.

퀴퀘그의 관

"선장님, 제가 좀 더 훌륭한 사람이거나, 선장님이 좀 더 젊고 행복한 분이라면 저는 화를 냈을지도 모릅니다. 그러나 선장님……."

"입 닥쳐! 네가 감히 나를 비난할 생각이란 말인가? 당장 꺼지라고!"

"그런 게 아닙니다. 감히 말씀드리지만 선장님, 우린 서로를 이해할 필요가 있습니다."

"뭐라고? 에잇!"

에이허브 선장은 그물 선반에서 총알이 들어 있는 화승총을 꺼내 스타벅에게 겨누면서 고함을 질렀다.

"이봐! 단 하나의 신만이 세상을 다스리듯, 오직 단 한 명의 선장이 피쿼드 호를 다스린다는 걸 모르나? 꺼져!"

순간, 스타벅의 눈에서 불꽃이 일고 뺨이 불처럼 타올랐다. 그는 조용히 선실을 나가려다가 다시 멈추어 서서 말했다.

"선장, 당신은 나를 화나게 했습니다. 그렇다고 이번 일로 나를 경계할 필요는 없습니다. 하지만 에이허브, 당신은 자기 자신을 경계해야 할 겁니다. 그럼……."

스타벅이 나가자 에이허브 선장은 중얼거렸다.

"자넨 참 훌륭한 사나이야, 스타벅!"

그리고 목소리를 높여 선원들에게 외쳤다.

모비 딕

"위쪽 돛을 감고, 중간 돛은 줄여라. 큰 돛대 뒤로 겹도르래를 감아 올려라. 그리고 큰 선창에서 통을 끌어올려라."

에이허브 선장은 스타벅이 말한 대로 하였다. 어째서 이 늙은 선장이 그리했는지는 알 수 없다. 그의 마음 속에 자리잡고 있던 선장으로서의 성실함 때문이었는지, 아니면 자기 배의 고급 선원이 일시적이나마 불만을 품으면 안 된다는 배려였는지는 선장 자신만 알 것이다. 선원들은 선창을 치우고 기름이 새는 곳을 찾느라 야단이었다.

그 무렵, 나의 가엾은 친구, 속내를 털어놓는 둘도 없는 친구인 퀴퀘그가 불행하게도 열병에 걸렸다. 병은 손 쓸 틈도 없이 악화되어 결국 그는 죽음의 문턱에 이르고 말았다.

고래잡이란 직업은 원래 한가한 일자리는 없었다. 선장이라는 높은 지위에 올라갈수록 일은 힘들다. 유능한 작살잡이인 퀴퀘그도 늘 살아 있는 고래와 맞서 싸우고, 거친 파도가 몰아쳐도 죽은 고래의 등으로 기어 올라가야만 했다. 또 일이 없을 때는 감옥처럼 어두운 선실 밑바닥에서 땀을 뻘뻘 흘리며 커다란 통을 손질해야 했다.

불쌍한 퀴퀘그! 배의 밑바닥에 있는 짐이 반쯤 비었을 때 누군가 들여다보았으면 좋았을 것을! 퀴퀘그는 털실 팬츠 하나만 입고 우물 속에 빠진 초록빛 도마뱀처럼 축축한 곳을 기어다니고 있었다. 그 곳은 이 불쌍한 이교도에게 우물이나 얼음 창고 같았으리라.

퀴퀘그의 관

"어쩐지 몸이 으슬으슬 추워지는걸."

퀴퀘그는 몸이 땀범벅이 되어 말했다. 그러다가 그는 심한 오열에 덜덜 떨며 정신을 잃고 말았다. 병상에 누워 있는 동안 그의 몸은 홀쭉하게 야위었고, 광대뼈는 툭 불거지고, 두 눈은 점점 더 퀭해졌다. 그물 침대에 몸을 파묻고 있는 가엾은 퀴퀘그를 넘실대는 파도가 조용히 마지막 안식처로 데려가는 듯 보였다.

배에 있는 선원들 중 누구 하나 퀴퀘그가 회복되리라고 믿는 사람은 없었다. 퀴퀘그 자신도 그렇게 여기는 모양이었다. 내게 이상한 부탁을 하는 것만 봐도 알 수 있었다.

"난 대부분의 선원들처럼 그물 침대에 싸여서 바다에 내던져지고 싶지 않아. 보나마나 상어밥이 될 텐데 정말이지 생각만 해도 끔찍해. 그 대신 나를 내 고향 섬에 있는 반얀 나무와 비슷한 작은 통나무 배에 태워서 바다로 띄워 보내 줬으면 해."

퀴퀘그는 섬의 용사가 죽으면 향을 피워 스며들게 한 다음, 죽은 사람을 통나무 배에 뉘어 별이 반짝이는 군도 저 멀리 흘러 보낸다고 하였다. 야만인들은 별을 섬이라고 믿었던 것이다.

"낸터키트에서 본 것 같은 통나무 배에 들어가 바람에 떠내려가서 영원한 세계로 사라지고 싶다네."

그는 죽음만큼은 자기 종족의 풍습대로 맞이하고 싶어했

다.

퀴퀘그의 말이 전해지자 곧 목수에게 그가 원하는 대로 통
나무 배를 만들라는 명령이 내려졌다. 마침 배 안에는 퀴퀘그
가 원하는 관을 만들 만한 검은 빛깔의 헌 재목이 있었다. 목
수는 퀴퀘그가 누워 있는 방으로 가서 몸 치수를 쟀다.

"아, 불쌍한 놈! 결국 죽어야 한단 말인가?"

선원 하나가 울부짖었다.

마침내 목수는 마지막 못을 박고 뚜껑을 깨끗이 대패질하
여 씌웠다. 그리고 어깨에 메고 앞갑판으로 나가 그 관을 여
기에 둬도 괜찮겠냐고 물었다. 선원들은 화를 내면서 당장 관
을 치우라며 소란을 피웠다. 그 소리를 들은 퀴퀘그는 관을
자기 곁으로 가져다 달라고 하였다. 그리고는 그물 침대에서
몸을 앞으로 내밀어 꼼꼼하게 살피더니 만족한 듯 말했다.

"이제 내 작살이랑 노 한 개만 가져다
줘. 작살의 나무 자루는 빼고 쇠날만.
참, 그리고 마실 물이랑 비스킷도 약간만
가져다 줘."

선원들은 퀴퀘그가 요구한 물건들을 모두 관에
다 넣어 주었다. 그러자 그는 선창에서 긁어모은 흙
을 조그만 자루에 넣어 발 밑에 놓게 하고 돛대 천 한
조각을 둘둘 말아 베개처럼 만든 다음, 편안하게 누울
수 있는지 알아보기 위해 자신을 관 속에 뉘어 달라고 간절히

퀴퀘그의 관

부탁하였다.

"맞아, 나의 수호신인 요조를 가져다 줘."

퀴퀘그는 요조를 가져다 주자 팔짱을 끼고는 그 사이에 놓은 다음 관 뚜껑을 덮어 달라고 하였다. 잠시 후 관 뚜껑을 다시 열자 퀴퀘그가 관 속에 태연하게 누워 있는 모습이 보였다.

"이만하면 됐어. 아주 편안해!"

퀴퀘그는 흡족한 표정을 지으며 다시 그물 침대로 데려다 달라고 눈짓하였다.

그런데 퀴퀘그가 그물 침대로 돌아가기도 전에 아까부터 그 곁을 서성이던, 얼마 전에 열병을 앓고 정신이 이상해진 흑인 소년 핍이 곁으로 다가와 훌쩍이며 그의 손을 잡았다.

"불쌍도 해라! 이제 바다를 떠돌며 어디로 가는 건가요? 만일 파도가 당신을 연꽃이 피어 있는 아름다운 앤틸리스 섬으로 데려간다면, 부탁할 말이 있어요. 우리는 핍이라는 아이를 찾고 있어요. 그 아인 분명히 앤틸리스 섬에 있을 거예요. 만일 찾아 내면 위로 좀 해 주세요. 아, 퀴퀘그. 당신이 죽으면 제가 임종의 노래를 불러 드릴게요."

스타벅이 그 기묘한 모습을 내려다보고 있었다.

"사람이 열병에 걸리면 전혀 알아듣지 못할 말을 지껄인다는데, 저 녀석 어디서 저런 말을 배웠을까? 저런, 또 뭐라 지껄이는군.”

“두 줄로 서라! 퀴퀘그를 장군으로 받들라. 그의 작살은 어디 있는가? 여기에 놓는 거야. 퀴퀘그는 마지막까지 싸우다 죽는 거다! 싸워라! 그러나 불쌍한 핍 녀석은 겁쟁이로 죽어 갔어. 우리는 불쌍한 핍이 죽어 가도 탬버린을 울려 주지 않을걸.”

핍이 횡설수설 지껄이는 동안 퀴퀘그는 마치 꿈 속을 헤매는 사람처럼 두 눈을 감고 있었다. 마침내 핍이 끌려 나가고 환자는 그물 침대로 옮겨졌다.

이렇게 죽음에 대한 모든 준비를 끝냈을 때, 놀랍게도 퀴퀘그는 갑자기 기운을 되찾았다. 목수가 만든 그 궤짝도 쓸모가 없어진 듯했다. 사람들은 모두 놀라고 기뻐하였다.

퀴퀘그는 자신도 신기하다는 듯 기뻐하며 말했다.

“죽음이 나를 찾아오자 갑자기 아직도 뭍에서 해야 할 일이 많이 남았다는 생각이 들었어. 그래서 죽을 수 없다고 마음을 돌려먹으니 죽음의 신이 나를 놓아 주었다네.”

“아니, 그렇다면 퀴퀘그, 사람이 죽고 사는 것을 자기 의지대로 결정할 수 있단 말인가?”

사람들이 놀라 물었다.

“그래, 사람이 살겠다고 결심하면 고래라든가 폭풍우처럼 무지막지한 파괴자에게는 어쩔 수 없지만 질병 따위로 죽

퀴퀘그의 관

는 일은 없을 걸세."

이 일로 문명인과 야만인의 차이가 명백하게 드러났다. 문명인은 병에 걸려 회복하려면 여섯 달이 걸리지만 야만인은 하루 만에 반쯤은 회복되는 것이다.

퀴퀘그는 오래지 않아 예전처럼 건강해져서는 왕성한 식욕으로 식사를 하였다. 그리고 어느 날 갑자기 벌떡 일어나 보트로 뛰어들어가더니 작살을 겨누며 언제든지 싸울 수 있다고 선언하였다.

이제 퀴퀘그의 통나무 관은 그의 옷장이 되었다. 그는 한가로울 때면 그 뚜껑에다 온갖 형태의 그림을 새겼는데 아무래도 자기 몸에 그려진 문신을 그대로 옮기는 것 같았다.

모비 딕

레이첼 호

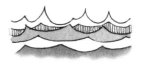

　바시 제도(타이완과 필리핀 사이의 해협) 근처를 지나던 우리
는 마침내 드넓은 남태평양으로 나왔다. 만약 다른 일에 마음
을 빼앗기지 않았다면 나는 그토록 꿈꾸던 태평양에 무한한
감사를 보냈을 것이다. 내 청춘 시절의 꿈이 비로소 이루어졌
기 때문이다. 아득히 넓은 바다에는 파도가 넘실대고 있었다.
얼마나 아름다운 신비가 이 바다에 깃들어 있는 것일까?

　반면 에이허브 선장에게는 그런 생각이 조금도 들지 않았
다. 그는 뒤쪽 돛대 부분에 마치 쇠로 만든 상처럼 우뚝 서서
는 증오스러운 모비 딕이 지금도 헤엄쳐 다니고 있을 소금기
가득한 바다 공기를 마시고 있을 뿐이었다.

　드디어 마지막 해역인 일본 부근 어장을 달리게 되자 모비

딕을 찾아야 한다는 늙은 선장의 결심은 더욱 굳어만 갔다. 잠을 잘 때조차 '뒤로! 모비 딕이 피를 토하고 있다.'라고 잠꼬대를 할 정도였다.

그러던 어느 날, 에이허브 선장은 자루 하나를 들고 대장장이 퍼스를 찾아갔다.

"내게 작살 하나를 만들어 주게. 몇천 마리의 도깨비들이 덤벼들어도 뺄 수 없는 걸로 말일세. 고래의 지느러미 뼈처럼 한번 박히면 빠지지 않는 놈으로. 자, 재료는 여기 있네."

에이허브 선장은 자루를 모루(대장간에서 쇠를 두드릴 때 받침으로 쓰는 쇳덩이) 위에 던졌다.

"이건 경주마의 닳아빠진 편자를 모은 걸세."

"편자 조각은 대장간에 있는 쇠 중에서 제일 강한 쇠붙이입죠."

"알고 있네, 퍼스. 이거라면 뼈를 녹여서 만든 아교풀처럼 아주 차지게 만들 수 있을 걸세. 빨리 만들게."

퍼스가 작업을 시작한 지 얼마 안 되어 마침내 빨갛게 달구어진 쇠막대기가 만들어졌다.

"선장님, 바로 이게 모비 딕을 잡기 위한 작살인가요?"

"그렇다네. 그 흰 악마를 위한 것일세!"

마침내 작살이 완성되자 에이허브 선장은 미친 듯이 부르짖었다.

모비 딕

"나는 하나님의 이름으로가 아니라, 악마의 이름으로 그대에게 세례를 주노라!"

에이허브 선장이 선장실로 사라져 갔을 때 불길한 웃음소리가 들렸다. 바로 가엾은 핍의 웃음소리였다.

에이허브 선장의 작살이 만들어지고 몇 주일이 지났을 때, 피쿼드 호는 일본 앞바다 안으로 깊숙이 들어갔다. 피쿼드 호는 순풍을 받으며 빠른 속도로 달리고 있었다.

그러던 어느 날이었다. 피쿼드 호의 돛은 갈기갈기 찢어지고, 벌거벗은 돛대는 머리 위에서 내리치는 태풍과 싸울 상황에 처하고 말았다. 캄캄한 밤이 되자 상황은 더욱 심해져 하늘과 바다에서는 우르릉 쿵쾅 천둥 소리가 요동쳤고 번갯불이 번쩍번쩍 야단이었다.

그 때 스타벅이 외쳤다.

"위쪽을 보세요! 불덩어리, 불덩어리예요!"

돛 가름대 끝에서 창백한 불길이 타오르고 있었다. 세 개의 돛대 끝에 달린 세 개의 피뢰침에 하얀 불꽃이 일고 있었다. 이를 본 선원들은 할 말을 잃었다. 그 불빛 속에서 흑인 대구의 몸은  유령처럼 흐릿하게 보였고, 타시테고의 떡 벌어진 입으로 보이는 새하얀 이는 불덩이를 머금은 듯 야릇하게 빛나고 있었다. 그런가 하면 퀴퀘그의 문신도 마치 악마의 푸른빛이 타오르는 듯 보였다.

모두가 겁에 질려 있을 때 에이허브 선장이 크게 외쳤다.

"저걸 보아라. 잘 기억해 둬라! 저 하얀 불꽃은 모비 딕에게 가는 길을 비춰 주고 있는 것이다. 나에게 피뢰침의 쇠사슬 고리를 가져다 다오. 나는 그 맥박을 듣고 싶다!"

선원들은 선장의 광기어린 모습에 두려움을 느꼈다.

태풍은 한밤중이 되어서야 겨우 약해졌다. 스타벅과 스텁은 죽을힘을 다해 돛에 너덜너덜 남아 있는 누더기들을 떼내어 바람이 부는 쪽으로 떠내려 보냈다. 그리고 찢어진 돛 대신 세 개의 돛을 달았다.

배는 어느 정도 회복되어 힘차게 파도를 헤치고 나아갔다. 항해 방향은 동남쪽이었다. 조타수는 나침반에 의지하여 항로를 이끌었다. 그 때 고맙게도 순풍이 불어 왔다.

"여어, 순풍이다! 해가 떴다! 모두들 기운을 내세!"

선원들은 노래를 부르며 장단에 맞춰 가름대를 직각으로 돌렸다. 갑판에서의 일은 무엇이든지 즉시 보고하라는 선장의 말을 떠올리며 스타벅은 에이허브 선장에게 보고를 하기 위해 아래로 내려갔다. 문 위쪽에는 덧문이 끼워져 있었는데 그 사이로 그물 선반 위에 놓인 소총 몇 자루가 보였다. 그걸 본 순간 스타벅은 불순한 생각에 사로잡혔다.

'전에 그가 나를 쏘려 했었지. 그래, 나를 겨누었던 바로 그 화승총이야. 그 동안 무서운 총을 많이 만져 본 내 손이

모비 딕

이렇게 떨리다니 이상한걸. 총탄은 넣어져 있는가? 음, 화약이 재어져 있군.'

스타벅은 총을 들고 속으로 중얼거렸다.

'나는 순풍을 보고하러 온 게 아닌가. 그러나 그게 정말 좋은 바람일까? 아니다. 모비 딕을 향해 부는 죽음과 파멸의 바람이다. 영감은 이 총부리를 내게 들이댔다. 그는 명령을 거역하는 선원들은 누구라도 죽여 버릴 것이다. 모비 딕에게 미친 늙은이가 이 배의 선원들을 몽땅 파멸로 끌고 가는 걸 모르는 체하고 있어야 한단 말인가? 만일 이 순간 그를 없앤다면 그는 끔찍한 죄를 범하지 않게 될 것이다. 그러면 선원들은 죽지 않는다.'

스타벅은 천천히 주위를 둘러보며 총을 문 가까이에 댔다.

'그래, 이 정도의 높이다. 거기에 에이허브의 그물 침대가 흔들리고 있을 테지.

이 방아쇠를 당기기만 하면 나는 살아 돌아가 아내와 아이들을 안아 볼 수 있다. 메리 그리고 사랑하는 아이들을! 오, 하나님. 어디에 계십니까? 제가 해야만 합니까, 아니면 해서는 안 됩니까?'

스타벅은 괴로워 어쩔 줄을 몰랐다. 그 때 선장이 잠 속에서 괴로운 듯 신음 소리를 내뱉었다.

"물러나! 모비 딕, 마침내 네놈의 심장을 잡았다!"

총을 든 스타벅의 손이 술 취한 사람처럼 덜덜 떨렸다. 잠시 후 스타벅은 문에서 물러나 죽음의 총을 창가에 되돌려 놓고 그 곳을 나와 버렸다.

"영감이 하도 단잠을 자고 있어 그냥 왔네. 자네가 가서 영감을 깨워 말해 주게나. 나는 갑판을 지키고 있을 테니."

스타벅은 스텁에게 말했다.

며칠 후, 피쿼드 호가 빠른 속도로 물결을 헤치며 달리고 있을 때였다. 레이첼 호라는 커다란 배가 피쿼드 호를 향하여 똑바로 달려오고 있었다. 그런데 이상한 광경이 보였다. 모든 돛대의 가름대에 선원들이 매달려 있는 것이었다. 가까이 다가왔을 때 보니 그 배의 돛은 모두 찢어져서 바람 빠진 풍선처럼 늘어지고 배는 어쩐지 생기가 없어 보였다.

"음, 나쁜 소식이야. 나쁜 소식을 가져온 게 틀림없어."

늙은 선원 하나가 중얼거렸다. 그 배의 선장이 입에다 확성기를 갖다 대고 보트에 서서 기운차게 소리를 지르려는 순간, 에이허브 선장의 목소리가 먼저 울려 퍼졌다.

"흰고래를 보았소?"

"그렇소. 바로 어제 보았소. 그런데 혹시 표류하는 고래잡이 보트 한 척을 보지 못했소?"

선장은 목구멍까지 차오르는 기쁨을 애써 감추며 말했다.

"아니, 못 보았소."

에이허브 선장은 급한 마음에 상대편 배에 올라타고 싶다

레이첼 호

는 신호를 보냈다. 하지만 그보다 먼저 그쪽 선장이 배를 멈추고 뱃전에서 내려와 보트를 타고 피쿼드 호 갑판으로 뛰어올라왔다. 에이허브 선장은 그쪽 선장을 한눈에 알아보았다. 그는 오래 전부터 알고 지내던 낸터키트 출신 선장이었다.

"그래, 흰고래는 어디 있었소? 살아 있었소? 설마 죽이지는 않았겠지?"

에이허브 선장은 다짜고짜 소리쳤다. 그러자 레이첼 호 선장은 바로 전날 자기가 겪은 이야기를 들려 주었다.

전날 오후 늦게 레이첼 호의 보트 세 척은 한 떼의 고래를 쫓았다. 그들은 바람 부는 쪽을 향해 보트를 급히 몰고 있었다. 바로 그 때 하얀 혹을 가진 모비 딕의 머리가 반대쪽 푸른 수면 위로 떠올랐다. 선장은 급히 가까이에 있던 네 번째 보트인 예비용 보트를 내려 보냈다. 보트는 모비 딕을 향해 빠르게 달려가 놈에게 작살을 힘껏 던져 명중시켰다. 적어도 본선의 큰 돛대에 올라가 있던 망지기의 눈에는 그렇게 보였다.

그 순간, 그는 아득한 바다 저 멀리 있는 조그만 점 같은 보트를 보았는데 이윽고 하얀 거품이 이는 물줄기가 뻗쳐 올라가더니 곧 아무것도 보이지 않게 되었다. 그는 작살을 맞은 고래가 추격하는 자를 끌고 멀리 달려간 거라고 추측했다.

걱정이 된 본선에서 어서 돌아오라는 신호가 내려졌다. 네 번째 보트를 찾으러 가는 건 나중으로 미룰 수밖에 없었다.

모비 딕

세 척의 보트를 모두 끌어올린 뒤, 배는 돛을 모두 달고 네 번째 보트를 찾아 나섰다. 기름솥에 불을 피워 신호를 알리는 봉화로 삼고, 일이 없는 사람들은 모두 돛대에서 망을 보게 하였다. 그리고 네 번째 보트를 마지막으로 보았던 근처까지 와서 배를 멈추고 보트를 모두 내려 수색을 했다. 그러나 사라진 네 번째 보트는 어디에도 보이지 않았다.

"우리가 서로 간격을 두고 나란히 달려 시야를 넓힌다면 사라진 보트를 찾을 수 있을 거요."

레이첼 호 선장은 이야기를 마친 뒤 아주 간절한 표정으로 그의 사라진 보트를 함께 찾아 달라고 부탁했다.

스텁이 플라스크에게 속삭였다.

"나와 내기를 해도 좋아. 아무래도 그 잃어버린 보트에 탄 선원이 선장이 제일 아끼는 귀중품을 가지고 있었던 게 틀림없어. 질 좋은 외투라든가, 시계 따위 말이야. 그게 아니라면 고래잡이 철이 한창일 때 저렇게 눈에 불을 켜고 찾아 나설 리가 있나!"

그 때 레이첼 호 선장이 냉담한 표정을 짓고 있는 에이허브 선장을 향해 부르짖었다.

"아들, 내 아들 놈이 그 보트에 타고 있단 말이오. 제발 부탁하오. 48시간만 당신 배를 빌려 줄 수 없겠소? 그 대가는 내 기꺼이 지불하겠소. 부디 도와 주오."

"오, 그렇군. 아들을 잃었어. 그렇다면 외투나 시계란 말은

레이첼 호

취소야, 취소!"

스텁이 깜짝 놀라 외쳤다. 레이첼 호 선장의 안타까운 마음을 알 것 같았다.

사실 제각각 흩어져 고래잡이를 하던 배가 위험에 처했을 때는 사람이 많은 쪽 배를 먼저 구출하는 게 뱃사람들의 관례였다. 레이첼 호 선장 역시 인원이 더 많았던 다른 배의 사람들을 먼저 구하려다가 아들을 잃어버린 것이었다. 집안 대대로 내려오는 고래잡이 일을 소년 시절부터 몸에 익히게 하고 마음을 단련시키기 위해 데리고 나온 아들이었다.

"제발, 부탁하오!"

레이첼 호 선장은 에이허브 선장에게 도와 달라고 계속 애원하였다. 아버지로서 어린 아들을 구하지 못하는 안타까운 마음이 절절하게 묻어났다. 하지만 에이허브 선장은 마치 대장간의 쇠모루처럼 끄떡 않고 서서 전혀 도와 줄 기미가 보이지 않았다.

"당신이 승낙하기 전엔 이 배를 떠나지 않을 셈이오. 만약 반대 입장이라면 난 최선을 다해 당신을 도와 줄 것이오. 당신에게도 뒤늦게 얻은 아들이 있단 걸 알고 있소. 부디 이 아비의 심정을 헤아려 주시오!"

그러나 에이허브 선장은 싸늘하게 대답했다.

"선장, 어서 배로 돌아가 주시오. 나는 당신의 요청을 거절하는 바요. 나는 한시가 급한 사람이오. 이 순간에도 나는 시간을 허비하고 있는 거요. 부디 하나님의 은총이 당신에게 내리기를 빌겠소. 난 이제 그만 가야 하오. 부디 내 행동을 용서해 주시구려. 잘 가시오!"

에이허브 선장은 얼굴을 돌리고 선원들에게 명령했다.

"스타벅, 지금부터 3분 이내에 내 배에서 이 배의 선원 외에 다른 사람은 모두 내리도록 하라. 그리고 돛을 가던 방향으로 돌리고 계속 앞으로 항해하라!"

냉랭한 표정으로 말을 마친 에이허브 선장은 급히 몸을 돌려 선장실로 내려가 버렸다. 그 자리에 남은 레이첼 호 선장은 진심어린 간청이 무참하게 거절당하자 멍하니 서 있었다. 그리고 마치 주문에서 풀려난 듯 묵묵히 뱃전으로 달려가 자기 보트로 돌아갔다.

얼마 후 두 배는 서로 비껴갔다. 레이첼 호의 모습은 오랫동안 보였는데 줄곧 해면에서 조그만 점이라도 발견했다 싶으면 뱃머리를 이쪽 저쪽으로 돌리고 있었다. 돛대 가름대에는 여전히 선원들이 주렁주렁 매달린 채 바다를 살피고 있었다. 그 모습은 마치 세 그루의 큰 벚나무 가지에서 아이들이 버찌를 따 먹고 있는 듯 보였다. 슬프게 떠돌고 있는 배는 어린 아들을 잃어버린 아버지의 슬픔을 가득 담고 있었다.

에이허브의 탄식

  오랫동안 넓은 바다를 돌아다니며 모든 고래 어장을 조사한 에이허브 선장은 마침내 그 원수가 있는 곳을 알아 낸 듯 확신에 차 있었다. 더욱이 레이첼 호로부터 전날 모비 딕을 만났다는 소식을 들은 터였다. 어느 쪽에서 먼저 습격했는지는 알 수 없었지만 그놈이 여전히 악마처럼 우쭐대며 고래잡이들을 해치우고 있다는 건 알 수 있었다.

  기나긴 밤 동안 북극성이 밤하늘을 중심으로 날카로운 빛을 뿜어 내고 있었다. 그리고 이제 늙은 에이허브 선장의 눈에서는 심장 약한 사람은 똑바로 쳐다볼 수 없을 정도의 무서운 빛이 번뜩이고 있었다. 그의 눈빛은 선원들을 완전히 압도하고 있었기에 선원들은 공포, 우려 등은 마음 속에 숨긴 채 감히 나타내려고도 하지 않았다.

상황이 이렇다 보니 배에서는 웃음소리도 모두 사라지고 말았다. 스텁도 우스갯소리를 하지 않았고, 스타벅도 웃음을 참으며 그들을 나무랄 필요가 없었다. 선원들은 그저 기계처럼 묵묵히 갑판 위를 돌아다니며 늙은이의 눈초리가 끊임없이 자기들을 바라보고 있는 걸 느끼며 일했다.

에이허브 선장은 낮이나 밤이나 갑판에 있었다. 갑판의 구멍에 한 발을 찔러 넣고 서 있거나, 돛대 사이를 규칙적으로 왔다 갔다 하거나, 혹은 선장실 층계 입구에 서 있었다.

모자를 눌러 쓴 그의 눈이 감긴 적이 있었던가? 아무도 그가 그물 침대에 누운 모습을 본 적이 없었다. 밤이 되면 에이허브 선장의 모자와 윗도리는 밤기운과 이슬에 젖었고, 이렇게 젖은 옷은 낮의 햇볕에 저절로 말랐다. 식사도 갑판에서 했는데, 그마저도 아침과 점심뿐이었고 저녁은 손도 대지 않았다. 수염도 깎지 않아서 더부룩하게 자라 있었다.

동양의 배화교(불을 신처럼 숭배하는 신앙. 조르아스터교)를 믿는 패들러도 갑판에 선 채 망을 보고 있었다. 하지만 이 둘은 어느 쪽에서도 서로 말을 걸지 않았다. 어쩌다 낮에 한 마디 주고받더라도 밤에는 다시 두 사람 모두 벙어리가 된 듯했다. 새벽녘의 희미한 불빛이 퍼질 무렵, 에이허브 선장의 무쇠 같은 목소리가 울려 왔다.

"돛대 꼭대기로 올라가 망을 보라!"

이렇게 시작된 명령은 해가 지고 바다 가득 어둠이 몰려올 때까지 계속되었다.

"무엇이 보이는가? 정신 차리고 똑바로 감시해."

하지만 레이첼 호를 만나고 사흘이 지나도록 한 줄기의 물 뿜기조차 발견하지 못하자 선장은 선원들을 믿지 못하는 눈치였다.

에이허브 선장은 말했다.

"내가 제일 먼저 그놈을 발견하겠어! 그렇고말고! 돛대에 박아 놓은 스페인 금화는 내가 갖게 될 거라고!"

에이허브 선장은 밧줄로 새 집 모양의 바구니를 만든 다음 도르래를 통해 내려진 두 가닥의 밧줄을 잡은 채 대구와 퀴퀘그, 타시테고를 유심히 바라보았다. 그러고는 패들러의 시선을 피한 채 굳은 신뢰의 눈빛으로 스타벅을 보며 말했다.

"자네가 이 밧줄을 잡아 주게. 스타벅, 나는 이걸 자네 손에 맡기겠네."

에이허브 선장은 바구니에 들어가 앉았고, 선원들이 그가 들어앉은 바구니를 망루 꼭대기까지 끌어올렸다. 스타벅은 줄곧 밧줄을 잡고 있었다.

에이허브 선장은 지금껏 누구도 올라가지 못한 꼭대기까지 올라가서 한 손으로 큰 돛대에 매달려 망망대해를 바라보았다.

그런데 에이허브 선장이 돛대에 올라간

지 10분도 채 되기 전에 어디선가 사나워 보이는 붉은 주둥이의 바다독수리가 그의 머리 주위를 빙빙 돌며 소리를 질러댔다. 그러나 에이허브 선장은 이 사나운 새를 알아차리지 못한 듯 오로지 멀리 수평선에 시선을 고정한 채 있었다. 그 때 한 선원이 소리쳤다.

"앗, 선장님. 위험해요!"

그러나 새는 이미 새까만 날개를 에이허브 선장의 눈앞에서 펄럭이더니 뾰족한 갈고리 모양의 주둥이로 그의 머리에 있던 모자를 낚아채어 쏜살같이 날아가 버렸다. 선원들은 어쩐지 불길한 기분에 사로잡혔다.

며칠 후, 피쿼드 호는 딜라이트 호(환희 호)를 만났다. 그 배는 '환희'라는 이름에 걸맞지 않게 여기저기 부서진 비참한 꼴을 하고 있었다. 뒤쪽 갑판에는 부서진 고래잡이 보트의 대들보로 보이는 널빤지를 싣고 있었다.

"혹시 흰고래를 보았소?"

"저걸 보시오."

뺨이 움푹 들어간 선장은 부서진 보트를 가리켰다.

"그놈을 잡았소?"

"그놈을 죽일 만한 작살은 어디에도 없는 것 같소."

딜라이트 호 선장은 지친 표정으로 말하며 갑판 위에 놓인 그물 침대를 바라보았다. 죽은 선원을 둘둘 싸 놓은 것이었다. 신원 몇 명이 그걸 꿰메고 있었다.

에이허브의 탄식

"놈을 죽일 만한 작살이 없다고? 천만에! 바로 여기 있소! 맹세컨대 그놈을 반드시 내 손으로 해치우고 말 거요."

에이허브 선장은 손에 든 작살을 흔들어 보이며 외쳤다.

"아, 노인이여! 하나님이 당신을 보호하길 빌겠소. 하지만 저걸 보시오. 어제까지만 해도 건장했던 다섯 명의 선원이 하루 아침에 저 꼴이 됐소. 그나마 장례를 치러 주는 것도 이 한 명뿐이라오. 다른 네 사람은 바다에서 그대로 장사를 지내고 만 거요. 오, 정말 안타깝고 끔찍한 일이지 않소? 당신은 바로 그 녀석들의 무덤 위를 달리고 있는 거요."

그 선장은 다시 자기 선원들을 향해 외쳤다.

"자, 준비는 되었겠지? 그럼 난간 위에 널빤지를 올려 놓고 시체를 얹어. 하나님, 부디 이자에게 새 생명을……."

선장의 말이 채 끝나기도 전에 에이허브 선장은 번개같이 소리쳤다.

"자, 돛줄을 앞으로! 키를 바람 부는 쪽으로!"

하지만 피쿼드 호가 미처 속력을 내기도 전에 시체가 풍덩 하고 바다에 떨어져 물보라를 일으켰다. 곧이어 딜라이트 호로부터 불길한 목소리가 피쿼드 호를 뒤따라왔다.

"여보게, 그 배의 선원들이여! 우리들의 슬픈 장례식에서 도망치려 해도 소용없어. 너희 배의 고물 난간에는 너희들

모비 딕

의 관이 버젓이 달려 있지 않은가."

그들은 고물에 달린 구명 보트를 가리키며 말했다.

다음 날 아침, 날씨는 이루 말할 수 없이 맑았다. 하늘에서는 눈처럼 하얀 작은 새들이 춤추듯 날고 있었다. 맑은 아침 공기 속에서 에이허브 선장은 뱃전에 서 있었다. 일그러진 얼굴에는 주름살이 깊게 패었지만, 두 눈은 여전히 섬광처럼 빛나고 있었다. 그런데 놀랍게도 에이허브의 두 눈에서 굵은 눈물 한 방울이 흘러 나와 바닷속으로 떨어졌다.

그 모습을 바라보던 스타벅은 선장에게 방해가 되지 않도록 살며시 옆으로 다가섰다. 에이허브 선장이 뒤돌아보았다.

"선장님."

"오, 스타벅! 정말 부드럽고 잔잔한 바람이구나. 내가 처음 고래를 잡은 날도 바로 이런 날씨였지. 열여덟 살 때였을 거야. 나도 젊은 작살잡이였지. 40년간 평화로운 뭍을 버리고 바다의 공포와 싸워 온 거야. 쉰 살이 넘어 결혼을 하고 아들을 하나 두었지만, 나는 결혼하자마자 다시 바다로 달려 나갔어. 그로부터 이 에이허브는 천 번이나 보트를 내리고는 미친 듯 격렬하게 고래를 쫓았던 거야. 음, 무엇을 위해 그리도 숨 가쁘게 살았던가! 무엇을 위해 지친 손으로 노를 잡고 작살을 잡고 창을 잡았던가. 오, 이처럼 고단하게 살아 온 내게서 불쌍한 다리를 빼앗아 가다니. 나는 낙원에서 쫓겨난 아담처럼 몹시 지치고 늙었다네. 아, 스타

에이허브의 탄식

벽, 이리 바짝 다가오게. 내게 인간적인 눈을 보여 줘. 바다와 하늘을 보는 것보다는 그게 낫지. 오, 이건 마법의 거울인가. 자네 눈 속에 초록이 무성한 대지, 밝은 난롯가 그리고 내 아내와 아이가 보이는군. 그래, 내가 모비 딕을 추격할 때 자넨 그냥 배에 남아 있게. 내가 보트를 내리더라도 자넨 타지 못하게 하겠네. 나는 자네의 눈 속에서 머나먼 고향의 집을 보았네. 그런 자네에게 위험이 닥쳐오면 안 되지. 암, 안 되고말고."

"선장님, 선장님은 아주 훌륭하고 고귀한 분이십니다. 그런 분이 어찌 저주받은 고래를 쫓으십니까? 저와 함께 돌아가시지요. 사랑하는 아내와 아이를 생각하세요. 제게도 아내와 자식이 있습니다. 그러니 우리 이 지옥의 바다에서 도망쳐요. 어서 배의 진로를 바꾸세요. 그리운 고향을 향해 즐거운 항해를 하게 해 주세요. 고요하고 아름다운 낸터키트의 풍경이 보이지 않으십니까?"

"음, 보이고말고. 이맘때쯤이면 우리 아들 녀석이 낮잠을 잘 시간이지. 녀석은 곧 기분 좋게 눈을 뜨고 침대에 일어나 앉겠지. 그러면 엄마가, 네 아버지는 지금 고래를 잡으러 바다로 나갔지만 곧 돌아와 함께 뛰어 놀 거라고 이야기를 해 줄 거야."

"제 아내 메리도 약속했어요. 매일 아침 아이를 데리고 언덕으로 올라가 누구보다 먼저 아버지 배의 돛대를 보여 주겠다고요. 선장님, 그러니 어서 낸터키트로 뱃머리를 돌리시지요, 어서요! 아, 창문으로 내다보는 아이들의 얼굴이 보이는 듯합니다."

에이허브 선장은 온몸을 부르르 떨었다.

"이게 대체 무엇인가? 나로 하여금 사랑과 그리움을 배반하게 만들고, 내가 할 수 없는 일을 하라며 몰아세우는 것이. 지금 이 팔을 들어올리는 건 나인가, 신인가, 아니면 그 누구란 말인가? 하늘의 별이 그 누군가의 힘으로 움직이듯 나도 알 수 없는 자의 지시를 따를 뿐이야."

스타벅은 절망한 나머지 얼굴이 창백해져서는 그 곳을 빠져 나왔다. 에이허브 선장은 반대쪽 뱃전에서 바다를 내려다보다가 바닷물에 두 개의 눈이 비치는 걸 보고 깜짝 놀랐다. 같은 난간에 서서 패들러가 꼼짝도 하지 않고 바다를 내려다보고 있었던 것이다.

에이허브의 탄식

추격 첫째 날

그 날 밤, 뒤쪽 갑판에 서 있던 에이허브 선장은 갑자기 사나운 기세로 얼굴을 쑥 내밀더니 바다의 공기를 들이마시며 냄새를 맡았다.

"드디어 고래의 낌새가 느껴진다!"

에이허브 선장은 나침반을 본 다음 풍향계를 조사하여 향유고래의 냄새가 나는 방향을 확인하고는 재빨리 배의 진로를 약간 바꾸고 돛을 줄이라고 명령했다.

"망 보는 선원은 돛대 꼭대기로 올라가라. 그리고 전원 갑판으로 집합!"

에이허브 선장의 명령이 떨어지자 대구가 지렛대 끝으로 앞갑판을 요란하게 두드리면서 잠자고 있는 선원들을 깨웠다. 선원들은 옷을 든 채 허둥지둥 갑판으로 몰려 나왔다.

"뭐가 보이는가?"

에이허브 선장은 위를 올려다보며 물었다.

"아무것도 보이지 않습니다."

에이허브 선장이 큰 소리로 외쳤다.

"돛을 달아라! 윗돛, 보조돛, 아래위 모두 달아라!"

모든 돛들이 팽팽하게 펴졌을 때 에이허브는 미리 준비해 둔 바구니를 타고 돛대로 올라갔다. 그러고는 갑자기 소리를 질렀다.

"물기둥이다! 고래의 물기둥이 뿜어 오르고 있다!"

그 순간, 세 사람의 망지기도 소리쳤다.

"눈더미같이 새하얀 혹이다! 모비 딕이야!"

그러자 갑판에 있던 사람들은 그토록 오랫동안 쫓아다닌 악명 높은 고래를 보기 위해 우르르 뱃전으로 달려갔다.

타시테고는 큰 돛대 꼭대기에 있었다. 에이허브 선장의 바구니와 타시테고의 머리는 거의 같은 높이에 있었다. 높은 곳에서 바라보니 고래가 몇 마일 앞쪽에 나타나 있었다. 고래는 파도가 넘실거릴 때마다 하얀 혹을 번뜩이며 물기둥을 규칙적으로 하늘 높이 뿜어 올리고 있었다. 에이허브 선장이 큰 소리로 망지기들을 보며 호통을 쳤다.

"저렇게 큰 물줄기를 뿜어 올리고 있는데 한 사람도 저걸 발견하지 못했단 말이냐?"

추격 첫째 날

"아닙니다. 선장님하고 똑같이 발견하고 소리쳤습니다."

"똑같이 소리쳤다고? 무슨 소리! 돛대에 달린 스페인 금화는 내 것일세. 내가 발견할 운명이었던 거야. 오, 저걸 봐라. 또 물기둥을 뿜어 내고 있어!"

에이허브 선장은 숨이 차는 목소리로 계속 소리쳤다.

"앗, 놈이 물 속으로 들어가고 있어! 보트 세 척 준비! 스타벅, 나를 어서 내려 주게. 자네에게 내 배를 맡기겠네."

에이허브 선장이 돛대에서 미끄러져 내려왔다.

"선장님, 고래는 바람 부는 쪽으로 계속 헤엄치고 있습니다. 아직 우리 배를 알아채지 못했어요!"

스텁이 소리쳤다.

"쓸데없는 소리! 노를 아래쪽으로 내리고 어서 방향을 돌려라! 아, 보트, 보트를 내리라고!"

얼마 후 모든 보트가 내려졌다. 세 척 모두 돛을 달고, 노를 저으며 바람 부는 쪽으로 나아갔다. 물론 에이허브 선장이 탄 보트가 맨 앞에서 가장 맹렬하게 고래를 쫓고 있었다.

보트가 모비 딕과 가까워지면서 바다는 마치 융단을 깔아 놓은 듯 더욱 매끄럽고, 대낮의 초원처럼 잔잔해졌다. 고래는 아직 뒤쫓는 사람들을 알아채지 못한 것 같았다. 드디어 사냥꾼들은 숨을 죽이고 하얀 혹의 모습이 뚜렷이 보이는 곳까지 다가갔다.

조금 치켜든 고래의 머리에는 거대한 주름이 보이고, 물결

위에는 우윳빛 이마가 비쳐 하얀 그림자
가 반짝였다. 또 모비 딕이 지나간 뒤쪽
으로 생긴 거대한 골짜기 사이로 푸른
물결이 흘러들고 있었다. 양쪽 옆구리에
는 하얀 물거품이 햇빛을 받아 춤추고

있었고, 등에는 마치 중세 이탈리아 상선에 꽂혀 있는 깃발
같은 기다란 작살 하나가 자루가 부러진 채 꽂혀 있었다. 그
작살 끝에는 바닷새 한 마리가 앉아 기다란 꼬리털을 나부끼
고 있었다.

세차게 물을 가르며 나아가는 모비 딕 주변에는 평화로운
기운마저 감돌고 있었다. 우아한 옆구리에서 둘로 갈라져 퍼
져 나가는 물결에 맞추어 고래는 매혹적인 손짓을 하는 듯 보
였다. 이런 모비 딕에게서는 그 어떤 난폭함도, 소름끼치는
아가리도 찾아볼 수 없었다. 그런데 갑자기 고래의 앞부분이
천천히 물 위로 떠오르더니 대리석 빛깔의 몸통을 아치형으
로 하늘 높이 드러내고, 깃대 같은 꼬리를 공중에서 위협적으
로 흔들어 댔다. 그런 다음 거대한 몸통을 바닷속으로 깊이
숨긴 채 사라져 버렸다.

세 척의 보트는 돛은 그대로 나부끼게 한 채, 노를 담그고
모비 딕이 다시 나타나기만을 기다리고 있었다.

얼마나 시간이 지났을까. 보트 고물에 뿌리박힌 듯 서 있던
에이허브 선장이 외쳤다.

추격 첫째 날

"한 시간이 지났다."

그 순간, 바람이 점차 거세지더니 바다는 사납게 물결치기 시작했다.

"새다! 새!"

타시테고가 외쳤다.

바닷새 무리가 한꺼번에 에이허브 선장의 보트를 향해 날아오고 있었다. 그리고 마치 무언가를 기대하는 듯한 기쁜 소리로 지저귀면서 그 주위를 빙빙 맴돌았다. 그들의 눈초리는 사람의 눈초리보다 더 매서웠다.

갑자기 에이허브 선장은 바다 밑을 깊이 들여다보았다. 그러자 바다 밑에서 작은 점 하나가 놀라운 속도로 솟구쳐 올라오는 게 희미하게 보였다. 그것은 점점 커지더니 마침내 몸을 뒤틀어 하얗게 반짝이는 이빨을 분명하게 드러냈다. 그것은 그토록 기다리던 모비 딕의 딱 벌린 입과 뒤틀린 아가리였다. 그놈은 보트 바로 밑에서 문이 활짝 열린 대리석 무덤처럼 반짝이는 입을 한껏 벌리고 있었다.

"놈이 나타났다! 어서 방향을 틀어라!"

에이허브 선장은 다급하게 외치며 재빨리 키를 한 바퀴 휙 돌려 무서운 괴물을 피했다.

"모두 노를 잡고 뒤로 물러서라!"

선장은 다급하게 작살잡이 패들러와 자리를 바꿔 뱃머리 쪽으로 옮겨 가서는 작살을 집어들고 큰 소리로 명령했다. 하지만 다급하게 보트를 돌리는 바람에 아직 물 속에 있던 고래의 머리와 보트의 뱃머리가 부딪칠 뻔했다. 그러자 모비 딕은 이쪽의 전술을 알아차렸다는 듯 순간적으로 몸을 피하고는 주름투성이의 머리를 배 밑으로 바짝 들이밀었다.

순간, 나무로 만든 보트는 부서질 듯한 충격을 받았다. 하지만 모비 딕은 등을 아래로 하고 누워 덤벼드는 상어처럼 천천히 맛을 보라는 듯 보트의 이물을 통째로 입에 물었다. 길고 가늘게 말린 주름투성이의 아래턱은 하늘 높이 꼬부라져 올라갔고, 이빨 하나는 노받이에 걸려 있었다. 푸른빛이 도는 진줏빛 하얀 턱은 에이허브 선장의 머리 위에서 불과 15센티미터 정도 떨어져 있었다. 모비 딕은 이런 자세로 잔인한 고양이가 생쥐를 희롱하듯 보트를 뒤흔들었다.

모비 딕이 이런 식으로 보트를 희롱할 때마다 보트는 사정없이 이리저리 흔들렸다. 배가 언제 뒤집힐지 모르는 상황이니 선원들은 이미 반쯤 죽은 목숨이었다. 게다가 고래 아가리에 보트가 물려 있는 상황에서는 아무리 노련한 작살잡이라도 이물에서 작살을 던지기란 힘든 일이었다.

"이 일을 어쩌나!"

"오, 하나님!"

다른 보트의 선원들도 감히 달려들지 못한 채 넋을 잃고 바라보고만 있었다. 이 와중에 에이허브 선장은 미칠 듯이 화가 나서 무모하게도 고래의 긴 이빨을 움켜잡고 비틀어 뽑으려

고 죽을힘을 다해 발버둥치고 있었다. 하지만 소용없었다. 모비 딕은 슬그머니 보트를 놓아 주는가 싶더니 거대한 턱을 가위처럼 아래위로 벌려서는 선장의 보트를 덥석 물었다. 그 바람에 보트는 두 동강이 나고 선원들은 부서진 뱃전에 매달려 버둥거렸다.

보트가 두 동강이 나기 직전, 모비 딕이 교활하게 머리를 쳐들자 에이허브 선장은 때를 놓치지 않고 고래 턱으로부터 보트를 빼내려 안간힘을 썼다. 그러나 고래를 밀어 내리고 몸을 구부린 순간 내동댕이쳐져 오히려 바다에 빠지고 말았다.

적으로부터 물러선 모비 딕은 조금 떨어진 곳에서 하얀 머리를 수직으로 물 속에 감추었다 내밀었다 하면서 빙글빙글 돌고 있었다. 이마가 쑥 올라올 때는 파도와 고래 몸통이 부딪쳐 하늘 높이 물거품을 뿜어 냈다. 그러다가 곧 비스듬한 자세로 선원들의 주위를 빙빙 돌았다.

에이허브 선장은 고래의 꼬리가 휘저어 놓은 거품 속에서 가라앉았다 떠올랐다 하며 필사적으로 허우적거렸다. 헤엄을 치려 해도 한쪽 발로는 쉽지가 않아 거센 소용돌이 속에서 간신히 떠 있을 수밖에 없었다.

부서진 보트의 고물에는 패들러가 있었지만 그저 바라볼 뿐이었다. 다른 선원들 역시 자신들을 돌보는 일만으로도 숨이 찰 정도였다. 주위를 빙빙 도는 모비 딕의 모습이 너무나 무시무시한 데다 금방이라도 자기들에게 덤벼들 것만 같았

추격 첫째 날

다. 나머지 두 척의 보트도 감히 그 소용돌이 속으로 들어가 고래를 공격할 용기를 내지 못했다.

한편, 본선 돛대 꼭대기에서 처음부터 끝까지 이 일을 지켜본 선원들이 활대를 돌려 부지런히 현장으로 달려왔다. 허우적거리던 에이허브 선장은 높은 물마루에 올라탄 순간마다 크게 외쳤다.

"고래 쪽으로 계속 달려! 힘차게 달려!"

피쿼드 호의 뾰족한 뱃머리가 소용돌이를 뚫고 안으로 들어와 마침내 모비 딕과 난파한 선원들 사이를 갈라 놓았다. 고래가 포기한 듯 사라지자 보트는 선원들을 구조하기 위해 급히 다가갔다.

스텁이 지휘하는 보트에 구조된 에이허브 선장은 눈이 충혈되어 아무것도 보이지 않았다. 이마의 주름에는 소금기가 엉겨붙어 있었으며 지친 기색이 역력했다. 그는 마치 코끼리 떼에 밟힌 사람처럼 보트 바닥에 푹 쓰러졌다. 그의 가슴 깊은 곳에서 거친 신음 소리가 새어 나왔다.

이윽고 그는 팔꿈치에 몸을 의지해 간신히 일어나 물었다.

"작살은? 작살은 무사한가?"

"네, 던지지 않으셨어요. 여기 있습니다."

"다친 사람은 없나?"

"네, 다행히 사람도 노도 모두 무사합니다."

"됐어. 나를 일으켜 줘. 그래, 그놈이 보이는군. 저기, 저것

봐! 아직도 바람 부는 쪽으로 달리고 있군."

에이허브 선장은 서둘러 키를 잡으라고 독촉했다. 이제 선장은 보트를 모두 올리고 본선으로 모비 딕을 추격할 셈이었다. 본선은 모비 딕을 쫓아 바람이 부는 쪽으로 질주했다. 돛대에서 망을 보던 선원들은 고래가 규칙적으로 뿜어 내는 물줄기를 보고했다.

초조하게 갑판을 거닐던 선장은 자신의 부서진 보트 옆을 지나갔다. 난파선은 파괴된 고물, 노와 함께 뒤집힌 채로 뒤쪽 갑판에 놓여 있었다. 선장의 얼굴은 잔뜩 구름 낀 하늘처럼 점점 어두워져만 갔다.

이 때 스텁이 선장 곁으로 다가가 선장의 비위를 건드리는 말을 하고 말았다.

"이런, 꼭 당나귀 놈이 먹다 뱉어 낸 엉겅퀴 같구먼. 선장님, 그놈이 입을 가시에 따끔하게 찔렸을 겁니다."

"부서진 보트를 보고 웃음이 나오나? 이런 몰인정한 놈 같으니라고!"

에이허브 선장이 버럭 화를 내자 스텁은 이번에는 목소리를 낮춰 말했다.

"선장님, 이건 아무래도 나쁜 징조입니다. 흉조라고요."

"뭐, 흉조? 그 따위 말은 사전에서나 찾아봐! 당장 꺼지라고! 이봐, 망지기! 보이는가? 고래가 물줄기를 뿜어 내거

추격 첫째 날

든 소리를 쳐! 1초 동안 물을 열 번 뿜어도. 알았지?"

에이허브 선장은 소리를 질렀다. 이제 해는 거의 저물었다. 그러나 망지기들은 아직도 움직이지 않고 있었다.

"선장님, 어두워서 물줄기가 보이지 않아요."

공중에서 소리가 들려 왔다.

"마지막으로 보였을 때 어느 쪽을 향해 달아나고 있던가?"

"전처럼 바람 부는 쪽으로 가고 있었습니다."

"좋아! 놈에게도 이제 휴식이 필요하겠지. 밤이 되면 천천히 달릴 거야. 돛을 내리고 돛대 꼭대기에 있는 자들은 모두 내려오라!"

선장은 큰 돛대에 박아 놓은 스페인 금화 쪽으로 걸어갔다.

"다들 들어라! 내가 공을 세웠으니 이 금화는 내 것이다. 그러나 모비 딕이 죽을 때까지 여기 그냥 두기로 하겠다. 그놈이 죽는 그 날, 그놈이 떠오른 걸 제일 먼저 보는 사람이 이 금화를 차지한다! 만일 그 날도 내가 제일 먼저 발견하면 이 금화의 열 배가 되는 돈을 너희들에게 골고루 나눠 주겠다. 그럼 해산. 전투 준비는 끝났다!"

그는 이렇게 말하고 승강구로 걸어가서 모자를 깊이 내려 쓰고는 그 자리에 앉았다.

추격 둘째 날

　새벽녘, 세 사람의 망지기가 돛대 꼭대기로 올라갔다. 날이 조금 환해지자 에이허브 선장이 외쳤다.

　"뭐가 보이나?"

　"아직 아무것도 안 보입니다."

　"전원 자기 자리로 돌아가서 돛을 달아라! 그놈이 생각보다 빨리 달리고 있다."

　고래잡이 경험이 많은 선장은 때때로 고래가 마지막으로 발견되었을 때의 모습만 봐도 그 고래가 얼마 동안 헤엄쳐 가며, 어느 방향으로 갈지를 정확하게 알아맞히는 예지력을 지니고 있었다.

　배는 물결을 헤치며 앞으로 질주했다.

"굉장해. 이렇게 갑판이 요동을 치니 오히려 힘이 불끈 솟는군. 그래, 좋아! 해 보는 거야!"

스텁이 배 뒤편에 두 줄로 일어나는 물줄기를 보며 외쳤다. 그 때 돛대에서 망을 보던 선원이 외쳤다.

"물줄기다! 정면에서 고래가 물을 뿜고 있다!"

"알았어, 알았어! 이번에는 절대 놓치지 않는다. 그래, 어서 뿜어라! 미친 악마가 너를 쫓고 있으니. 이제 곧 너를 끝장내 줄 것이다!"

스텁이 외쳤다. 이 말은 모든 선원들의 마음을 대신하고 있었다. 오래된 포도주가 발효를 하듯, 추격의 광기가 선원들을 부글부글 끓게 하고 있었다. 두려운 예감이나 앞으로 다가올 위험 같은 건 다 잊은 채 선원들은 보이지 않는 힘에 의해 고래를 추격할 뿐이었다.

그들은 30명이 아니라 한 사람처럼 보였다. 배는 참나무, 단풍나무, 철, 밧줄 등 저마다 다른 재료로 만들어졌지만 선원들은 자신의 개성, 담력, 두려움 등을 하나로 뭉쳐 오로지 에이허브 선장이 지시하는 절대 명령을 따라 돌진하고 있었기 때문이다.

얼마 후 에이허브 선장이 다시 다급하게 소리쳤다.

"왜 아직 아무 소리가 없는 거지? 안 되겠다. 나를 위로 올려라. 너희들은 속고 있는 거야. 모비 딕이 그렇게 한 번만 물을 뿜어 올리고 사라질 리가 있는가?"

190
모비 딕

그건 사실이었다. 망을 보던 선원은 너무 열중한 나머지, 다른 무엇인가를 고래가 뿜어 대는 물줄기로 착각한 것이었다. 에이허브 선장은 망루에 올라가 밧줄을 갑판의 막대기에 매더니 갑자기 외마디 소리를 질렀다.

"모비 딕이다!"

아까 물줄기가 보였다고 말한 곳보다 훨씬 더 가까운 앞바다에 모비 딕이 거대한 몸을 드러냈다.

"모비 딕이다! 모비 딕이 나타났다!"

"펄쩍 뛰어올랐어! 뛰어올랐다고!"

선원들도 일제히 함성을 질렀다.

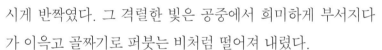

모비 딕은 깊은 바다 밑에서 전속력으로 올라와 푸른 하늘을 배경으로 거대한 물기둥을 뿜어 올렸다. 그 엄청난 몸뚱이가 천둥 같은 소리와 함께 공중으로 뛰어오르자 물보라는 똑바로 쳐다볼 수 없을 정도로 눈부시게 반짝였다. 그 격렬한 빛은 공중에서 희미하게 부서지다가 이윽고 골짜기로 퍼붓는 비처럼 떨어져 내렸다.

"아, 모비 딕, 이제야말로 이 세상과 작별할 때가 온 걸 아는 모양이군. 기다려라! 이제 네놈이 죽을 시간이 서서히 다가오고 있다! 자, 보트 준비!"

에이허브 선장은 바구니에서 보트로 내려왔다.

"스타벅, 본선을 자네에게 맡기겠네. 보트가 나가는 길을

191

가로막지 말게나. 그러나 너무 멀리 떨어지지는 않도록 하게. 자, 모두 내려와라! 보트를 내려라!"

선장이 전날 손을 봐 둔 예비 보트까지 모두 세 척의 보트가 내려졌고, 선원들은 밧줄을 타고 갑판으로 재빠르게 미끄러져 내려왔다.

이 때 이미 공격 태세를 갖춘 모비 딕은 마치 단판에 싸움을 끝내려는 듯 세 척의 보트를 향해 서서히 다가왔다.

에이허브 선장의 보트는 가운데에 있었다.

"이번에는 고래 대가리부터 공격한다!"

선장은 선원들을 향해 소리치고는 모비 딕을 향해 돌진했다. 사실 이건 그리 놀랄 일은 아니었다. 고래는 눈이 옆에 달려 있어서 가까운 앞쪽을 보지 못하기 때문에 서로 거리가 좁혀졌을 때는 공격을 피하는 하나의 수단이었기 때문이다.

하지만 세 척의 보트가 미처 공격을 하기도 전에 모비 딕은 무서운 속도로 몸을 뒤흔들면서 아가리를 딱 벌리고 꼬리를 흔들며 무섭게 싸움을 걸어 왔다.

"이 때다!"

누군가의 외침과 동시에 세 척의 보트로부터 작살이 화살처럼 날아갔다. 모비 딕은 작살을 맞고도 끄떡도 하지 않았다. 녀석은 세 척의 보트를 다 부수고 말겠다는 듯 엄청난 속도로 달려들었다. 선장의 고함 소리는 점점 더 커졌다.

"정신 차려라! 밀리면 죽는다!"

자칫하면 모든 게 끝장날 판이었다. 보트의 선원들은 마치 전투에서 단련된 말처럼 노련하게 노를 저어 고래의 공격을 피했다.

모비 딕은 걷잡을 수 없이 날뛰기 시작하였다. 그 때문에 세 척의 보트에서 박아 놓은 작살 밧줄이 이리저리 뒤엉켜서 짧아지고 말았다. 덕분에 보트는 고래 쪽으로 더 당겨졌다. 고래는 더욱 강력하게 공격을 하려는 듯 잠시 몸을 옆으로 당겼다. 그 기회를 놓치지 않고 에이허브 선장은 먼저 밧줄을 넉넉하게 풀었다가 더욱 세게 끌어당겨 엉킨 밧줄을 풀어 보려 하였다. 그 때였다. 모비 딕이 재빨리 방향을 바꾸는 바람에 녀석의 몸에 꽂혀 있던 작살과 창이 갈고리와 창끝을 곤두세우며 밧줄에 감기고 꼬여서 선장의 보트 쪽으로 떨어지려 하였다.

"앗, 위험하다!"

선원 한 명이 번개처럼 칼을 꺼내 날아오는 밧줄을 잘라 작살과 창들을 바닷속으로 떨어뜨렸다. 에이허브 선장의 보트는 겨우 밧줄에서 풀려나 자유로워졌다.

그 순간, 모비 딕은 머리끝까지 화가 났다는 듯 아직도 뒤엉킨 밧줄 속으로 갑자기 뛰어들어, 밧줄에 휘감긴 스텁과 플

라스크의 보트를 엄청난 힘으로 자기 꼬리 쪽으로 끌어당겼다. 두 척의 보트는 해변가에 뒹굴고 있는 두 개의 조개 껍데기처럼 맞부딪쳤다.

그야말로 눈 깜짝할 사이에 벌어진 일이었다. 두 보트를 난파시킨 모비 딕은 그제야 할 일을 다 했다는 듯 하얀 물보라가 일어나는 소용돌이 속으로 자취를 감추었다. 소용돌이 속에는 부서진 보트의 판자 조각만이 빙빙 돌고 있었다.

두 보트의 선원들은 간신히 밧줄통과 노에 매달려 소용돌이 속에서 발버둥치며 빙빙 돌고 있었다. 몸집이 작은 플라스크는 빈 병처럼 떴다 가라앉았다 하며 안간힘을 썼다.

"사, 살려 줘! 살려 줘!"

스텁은 누군가에게 살려 달라고 애타게 소리를 질렀다. 이제 남은 건 에이허브 선장의 보트뿐이었다. 선장은 가까이 있는 선원들을 구조하기 위해 서둘러 하얀 물거품이 들끓고 있는 소용돌이 속으로 들어갔다.

그 때 누군가가 선장의 보트를 쇠줄에 매달아 공중으로 들어올리는 듯했다. 모비 딕이 바다 밑에서 재빨리 솟구쳐 그 넓은 이마를 보트 밑바닥에 들이대고 빙빙 돌면서 보트를 공중으로 내던진 것이었다. 내던져진 보트는 거꾸로 뒤집혔고, 에이허브 선장과 선원들은 굴에서 기어 나오는 바다표범같이 그 밑에서 겨우 빠져 나와 수면 위로 고개를 내밀었다.

모비 딕은 조금 전 두 척의 보트를 부순 자리 부근에서 다시 불쑥 솟아올랐다. 그러고는 여기저기 떠도는 보트의 판자 조각과 노에서 등을 돌리고 잠시 갈라진 꼬리 끝을 흔들며 떠 있었다. 그러더니 떠내려오는 노나 보트의 판자 조각이 피부에 닿기라도 하면 짜증스럽다는 듯 재빨리 꼬리로 쳐서 저만치 밀어 냈다. 얼마 후, 모비 딕은 볼 일을 다 보았다는 듯 뒤얽힌 밧줄을 끌면서 규칙적인 속도로 바람 부는 쪽을 향해 천천히 헤엄쳐 갔다.

지난번처럼 모비 딕과 싸우는 광경을 지켜 보던 본선은 구조에 나섰다. 사람이나 노, 밧줄 통, 그 밖에 건져 올릴 수 있는 건 뭐든지 갑판으로 끌어올려졌다. 선원들은 어깨나 손목, 발목을 삐고 시퍼렇게 타박상을 입기는 했지만 다행히 크게 다친 사람들은 없었다.

에이허브 선장은 괴로운 표정으로 부서진 보트 조각에 매달려 있었다. 갑판으로 구조되어 올라온 선장을 보고 선원들은 눈이 휘둥그레졌다. 그가 혼자 서지 못하고 스타벅의 어깨에 반쯤 매달려 있었기 때문이다. 선원들의 눈은 모두 선장의 다리로 쏠렸다. 선장의 고래 뼈 다리는 다 깨져 나가고, 겨우 짤막하고 날카로운 조각만 남아 있었다.

"이보게, 스타벅. 이따금 사람에게 기댄다는 건 흐뭇한 일이군. 이 늙은 에이허브도 더 자주 기댔으면 좋았을걸. 이

모비 딕

봐, 망지기! 놈은 어느 쪽을 향하고 있는가?"

선장은 이내 또 물었다.

"바람이 불어가는 쪽입니다."

"그럼 돛을 올려라. 나머지 예비 보트를 준비해. 아, 부러져 나가고 없는 이 다리 끝이 나를 찌르는군. 어떤 일에도 굽히지 않는 선장이 이런 겁쟁이를 가지고 있다니! 어서 지팡이가 될 만한 걸 가져다 주게. 옳지, 저기 부서진 창이 좋겠군. 그런데 왜 패들러는 보이지 않나? 어디 있는 거야? 당장 선원들을 모두 집합시켜라. 어서!"

선장의 예감은 들어맞았다. 그와 함께 보트를 탔던 패들러가 보이지 않았다. 스텁이 소리쳤다.

"뭐? 배화교가 없어졌다고? 그렇다면 끌려들어간 게군. 선장님, 제가 그놈이 선장님의 작살 밧줄에 걸려서 바다로 질질 끌려가는 걸 본 것 같습니다."

"내 밧줄! 내 밧줄에 끌려갔단 말이지? 그리고 보니 작살도 안 보이는군. 오, 그래. 바로 이 손으로 그놈에게 작살을 던졌지. 모비 딕을 죽이려고 만든 그 작살 말이다. 그놈이 내 작살을 맞고 도망친 게야!"

에이허브 선장은 복수심에 불타 다시 소리쳤다.

"자, 제일 높은 돛을 올려라! 밧줄을 모두 당겨라! 나는 지구를 열 바퀴라도 돌 테다! 그놈이 어디에 숨어 있든지 반드시 찾아 내어 숨통을 조여 주리라!"

스타벅이 안타까운 얼굴로 가로막았다.

"오, 거룩하신 하나님! 단 1초만이라도 좋으니 제발 얼굴을 보여 주십시오! 선장님, 모비 딕을 쫓는 일은 이제 그만 두십시오! 그놈은 도저히 잡을 수가 없습니다. 이건 미친 짓입니다. 이틀이나 쫓았지만 보트는 모두 산산조각이 났습니다. 당신의 다리도 또 빼앗기고 말았지요. 그놈이 우릴 모두 바다 밑으로 끌고 갈 때까지 추격할 셈입니까? 당신의 단짝인 패들러도 이젠 없어졌습니다. 더 이상 놈을 추격하는 건 신을 모독하는 것입니다."

"스타벅, 나는 요즘 이상하게도 자네의 말이 마음에 든단 말이야. 그건 자네 눈빛을 들여다본 그 때부터지. 하지만 나는 영원히 에이허브일세. 모두들 나를 보게. 부러진 창에 의지해서 절뚝거리며 걷는 한낱 늙은이에 지나지 않지. 그러나 내 영혼은 100개의 다리로 걷는 지네와도 같아. 이게 바로 내 운명이야. 내가 파멸하기 전까지는 절대로 그놈을 악착같이 당기고 있는 굵은 밧줄을 놓지 않을 걸세. 자네들이 징조라는 걸 믿는다면 소리내서 크게 웃게나! 물에 빠진 자는 두 번 떠오르고 세 번째 가라앉는다고 하지. 아무렴, 세 번째는 영원히 가라앉지. 모비 딕도 이틀에 걸쳐 떠올랐어. 내일이 사흘째야. 어때? 새삼 용기가 불쑥 솟아나지 않는가?"

그러자 스텁이 옆에서 외쳤다.

모비 딕

"우리는 무서움을 모르는 불덩어리처럼 될 수 있습니다!"

이윽고 선원들은 하나 둘 자기 자리로 돌아갔다. 혼자 남은 에이허브 선장은 중얼거렸다.

"그런데 패들러는 어디로 사라진 걸까? 정말 나보다 먼저 가 버린 걸까? 이건 대단한 수수께끼인걸. 어떤 일이 있어도 나는 풀고야 말 테다."

저녁놀이 질 때까지 모비 딕은 여전히 바람이 불어가는 쪽에서 모습을 보이고 있었다. 선원들은 내일을 위해 예비 보트를 준비하고 새로운 무기를 손보느라 정신이 없었다. 밤새도록 망치 소리와 숫돌 가는 소리가 들려 왔다.

에이허브 선장은 목수가 서둘러 새로 만든 다리를 낀 채, 어젯밤과 마찬가지로 모자를 푹 눌러쓰고는 승강구에 우뚝 서서 해가 떠오를 동쪽을 줄곧 바라보고 있었다.

추격 둘째 날

추격 셋째 날

사흘째 되는 날 아침은 날씨가 맑았다. 밤새 앞쪽 돛대에서 망을 보던 선원들은 교대를 하였다. 그 대신 낮 당번들이 다시 모든 돛대와 가름대에 자리를 잡았다.

"모비 딕이 보이는가?"

어디에도 모비 딕의 모습은 보이지 않았다.

"틀림없이 우리 앞을 지나고 있을 거야. 그러니 키잡이! 지금까지 하던 대로 하면 돼. 오늘은 참 좋은 날씨군. 바람이 우릴 도와 줄 거야. 어떤 싸움에서도 마지막에 가장 날카로운 공격을 가하는 건 역시 바람이거든. 바람은 비록 사람을 화나게 하는 몸뚱이를 가지고 있지는 않지만 힘으로 그 실체를 보여 주지. 이 부드러운 무역풍은 나의 영혼을 앞으로 나아가게 할 것이다. 그놈에게로! 돛대 꼭대기에 있는 선원들, 무엇이 보이는가?"

"아무것도 보이지 않습니다."

"아무것도 안 보인다고? 한낮이 다 되어 가는데도? 스페인 금화가 자기를 가져갈 사람이 아무도 없다고 울고 있구나. 태양을 봐라! 아무래도 우리가 그놈을 앞지른 듯싶구나. 이젠 그놈이 나를 추격하고 있는 거야. 진작 알아야 했을 것을. 음, 바보 같은 녀석! 지금쯤 밧줄과 작살을 질질 끌고 다닐 게 아닌가. 자, 뱃머리를 돌려라! 그리고 당번만 남겨 놓고 모두 내려와라. 돛대에 붙어라!"

뱃머리를 돌리자 바람을 거슬러 나아가는 꼴이 되었다.

"이번에는 바람을 안고서 놈의 아가리를 향하여 달리는군. 하나님, 저희들을 지켜 주소서. 영감을 따르고 있자니 어쩐지 신을 배반하고 있는 느낌이 드는군."

스타벅이 혼자 중얼거렸다.

"자, 나를 다시 끌어올려라!"

에이허브 선장은 바구니 쪽으로 걸어가며 소리쳤다.

"곧 그놈과 부딪치게 될 거야."

"네, 선장님!"

스타벅이 도르래를 이용해 선장이 탄 바구니를 높은 곳으로 끌어올렸다.

숨막히는 긴장감 속에 1시간쯤 지났을 때였다. 드디어 바

추격 셋째 날

람이 불어 오는 정면에서 물줄기가 뿜어져 나왔다. 그 순간, 에이허브 선장이 속사포처럼 명령을 쏟아 냈다.

"모비 딕, 이번에야말로 나와 네놈이 세 번째로 만나는 거다! 이봐, 거기 갑판에 있는 자들은 부지런히 돛을 바람이 부는 쪽으로 펴라! 밧줄을 더 돌려! 아, 스타벅, 아직 보트를 내릴 때가 아니다! 내가 내려가야겠다. 그 전에 한 번더 이 높은 데서 바다를 바라보자. 시간은 충분하니까. 너무나 낯익은 풍경이구나. 내가 어렸을 때 낸터키트의 모래 언덕에서 처음 본 풍경과 똑같아! 바람 부는 쪽에 소나기가 오고 있구나. 나를 야자수의 숲보다 더 달콤한 곳으로 이끌어 가려는 게 틀림없다. 바람이 불어가는 쪽! 모비 딕이 그쪽으로 달려가고 있구나. 이젠 내려가자. 안녕, 그 동안 정들었던 나의 오랜 돛대여! 우리는 함께 늙었구나. 잘 있거라. 내가 없는 동안에도 고래를 잘 감시해 다오. 내일, 아니 오늘 밤이라도 저 모비 딕의 머리나 꼬리를 동여매고 저 아래 눕게 하면 그 때 또다시 이야기를 하자."

그는 주위를 둘러보며 천천히 갑판으로 내려왔다.

이윽고 보트가 내려졌다. 그런데 고물에 선 채로 바다를 내려다보던 에이허브 선장이 갑판에서 밧줄을 잡고 있던 스타벅을 향해 손을 흔들어 멈추라고 했다.

"스타벅!"

"네?"

"내 영혼의 배가 세 번째 항해를 시작하네."

"네, 그것이 바로 선장님이 바라시는 바지요."

"어떤 배는 항구를 떠난 후 영영 행방불명이 되는 경우도 있다."

"그렇습니다. 슬픈 일이지만 사실입니다."

"어떤 사람은 썰물 때 죽기도 하고, 또 어떤 사람은 밀물 때 죽기도 한다. 물론 만조 때 죽기도 하지. 나는 지금 산산이 부서지려는 커다란 파도와 같은 기분이다. 스타벅, 나도 이제 늙었나 보군. 자, 악수하세."

두 사람은 손을 마주잡고 서로를 쳐다보았다. 스타벅의 눈에는 어느 새 눈물이 어렸다.

"오, 선장님, 당신은 위대한 분이십니다. 제발 가지 마세요. 가지 마시라고요. 당신을 말리는 이 사나이의 눈물이 보이지 않으십니까?"

스타벅이 간절히 애원했지만 선장은 손을 뿌리치고 선원들을 향해 소리쳤다.

"보트를 내려라!"

삽시간에 보트는 본선의 고물 가까이에서 떠돌고 있었다.

그 때 배 위에서 다급하게 외치는 소리가 들렸다.

"상어다, 상어! 선장님, 어서 돌아오십시오. 어서!"

추격 셋째 날

그러나 선장의 귀에는 아무것도 들리지 않았다. 그는 선원들을 향해 쉴새없이 고함을 외쳐 댔고, 보트는 시끄러운 소리를 내며 질주하고 있었기 때문이다.

보트가 본선을 떠나자마자 많은 상어 떼가 선체 밑의 어두운 곳에서 솟아올랐다. 상어 떼는 노 끝이 물 속에 잠길 때마다 노를 물고 늘어지면서 보트를 쫓아갔다. 고래가 많은 해역에서 고래잡이 배들이 이런 일을 당하는 건 드문 일이 아니었다. 하지만 모비 딕을 발견한 이후 피쿼드 호가 상어를 본 건 이번이 처음이었다. 게다가 상어는 이상하게도 다른 보트는 거들떠보지도 않고 에이허브 선장의 보트만 악착같이 따라가고 있었다.

스타벅은 뱃전에 서서 멀리 사라져 가는 보트를 지켜 보며 중얼거렸다.

"정말 강심장이군. 입을 쩍 벌리고 쫓아오는 상어 떼 한복판에서 고래를 쫓다니. 하필이면 삶과 죽음이 판가름 나는 셋째 날에 말이야. 첫째 날은 아침이었고, 둘째 날은 한낮이었고, 이제 셋째 날은 밤이 되어야 결말이 날 것이다. 오, 나의 사랑하는 아내 메리여! 나의 아가야! 어찌하여 온종일 걸은 것처럼 다리가 후들거리는 걸까? 기운을 내라, 스타벅! 힘을 내자! 큰 소리로 외치자! 어이, 돛대에 있는 선원들! 보트를 열심히 살펴라! 고래도 놓치지 마라! 앗, 저바다독수리를 쫓아라! 깃발을 찢는다!"

추격 셋째 날

스타벅은 큰 돛대 꼭대기에서 펄럭이는 붉은 깃발을 보며 소리쳤다. 하지만 바다독수리는 어느 틈에 깃발을 낚아채서 달아나 버렸다.

"아, 선장님. 지금 어디쯤에 있습니까? 저걸 보았습니까? 무섭다, 몸이 떨린다!"

스타벅은 불길한 징조에 몸을 떨었다.

그 때 돛대 꼭대기에서 신호가 왔다. 팔을 아래로 내리는 모습을 본 에이허브 선장은 모비 딕이 물 속으로 들어갔다는 것을 알아차렸다. 그러고는 모비 딕이 떠올랐을 때 더 가까이 가 있기 위해 약간 비스듬히 노를 저었다. 상어 때문에 얼이 빠진 선원들은 파도가 정면에서 미친 듯이 덮쳐 오자 모두 마술에 걸린 듯 깊은 침묵에 빠져 있었다.

잠시 후 주변 해면으로 넓은 물보라가 퍼지더니 바닷속에서 우르릉 하는 소리가 들려 왔다. 모두 숨을 죽이고 있었다. 그 때 거대한 모비 딕이 하얀 빙산이 솟아오르듯 쑤욱 몸을 드러냈다. 놀랍게도 녀석은 온몸에 뒤얽힌 밧줄과 창, 작살 따위를 두르고 있었다. 그리고 얇게 깔린 안개를 베일처럼 걸친 채 그렇게 얼마 동안 공중에 떠 있다가 이내 바닷속으로 쿵 하고 떨어졌다. 10여 미터까지 치솟은 바닷물은 분수처럼 반짝이다가 눈송이처럼 조각조각 떨어져 모비 딕의 대리석 빛깔 몸 주위에 뽀얀 거품을 만들어 냈다.

"저어라!"

에이허브 선장이 노잡이들에게 외쳤다. 보트가 돌진하여 공격하기 시작했다. 모비 딕은 어제 잇따라 맞은 작살에 주변 살이 곪아 가는 아픔 때문인지 마구 날뛰고 있었다. 그러더니 머리를 물 위로 쳐들고 꼬리로 물을 휘저으며 보트를 도리깨질하듯 내려치고, 두 항해사가 있는 보트를 후려쳐서 작살과 창을 떨어뜨리게 했다.

대구와 퀴퀘그가 물이 새는 보트의 널빤지 틈을 메우고 있을 때, 멀리 헤엄쳐 갔던 고래가 갑자기 옆으로 치달려왔다. 바로 그 때 모비 딕의 한쪽 옆구리가 보였다.

"으, 으악!"

보트에서 갑자기 외마디 비명이 터졌다. 패들러의 시체가 간밤에 고래가 수없이 몸부림쳐 엉킨 밧줄에 말려들어가 꽁꽁 묶인 채 나타났다. 그의 몸은 반쯤 찢겨 있었고, 검은색 담비 옷은 걸레처럼 너덜
너덜해져 있었다. 그의 부풀어오른 두 눈은 줄곧 에이허브 선장 쪽을 바라보고 있었다. 선장은 자기도 모르게 작살을 떨어뜨렸다.

"혹시나 했건만 결국 패들러까지 당하고 말았군. 패들러, 넌 기어이 하고 말았구나! 정말이지, 네가 먼저 갔구나. 이것이 네가 약속한 관이란 말인가? 그럼 두 번째 관은 어디 있지? 스텁, 플라스크! 자네들은 어서 본선으로 돌아가게.

자네들 보트는 이제 아무짝에도 소용이 없어. 수리하고 나서 시간이 있으면 내게로 오게. 만약 오지 못하더라도 괜찮네. 죽는 건 이 에이허브 하나만으로도 충분해. 하지만 내 보트에 탄 선원들은 모두 앉아라! 이 보트에서 도망치려는 자가 있으면 발견하는 즉시 이 작살로 찌르겠다. 고래는 어디 갔지? 또 물 속으로 들어갔나?"

에이허브 선장은 두리번거리며 모비 딕을 찾았다. 하지만 모비 딕은 이미 보트 가까이에 없었다. 패들러의 몸을 매단 채 방향을 바꿔 본선인 피쿼드 호 근처를 지나고 있었다. 이젠 오로지 자기의 길을 가겠다는 듯 똑바로 돌진하고 있었다.

스타벅은 또다시 간청했다.

"선장님, 지금이라도 그만두십시오. 모비 딕은 당신과 싸우길 원치 않고 있습니다. 미친 듯 쫓는 건 선장님 당신뿐이라고요!"

선장은 아랑곳하지 않고 그저 스타벅에게 자신을 따라오라 이르고는 돛을 올려 부지런히 모비 딕을 쫓았다.

부서진 두 척의 보트는 본선으로 올려졌다. 스텁과 플라스크는 선원들을 격려하며 부지런히 손질을 하였다. 타시테고, 퀴퀘그, 대구가 세 개의 돛대로 올라갔다.

사흘 동안의 격렬한 추격을 받고 지쳤는지, 몸에 매단 방해

물들 때문이었는지, 아니면 또 다른 계략을 꾸미는 건지 알수 없었지만 모비 딕의 속도는 눈에 띄게 줄어 있었다. 그러는 사이, 에이허브 선장의 보트는 점점 모비 딕과의 거리를 좁혀 갔다. 보트 뒤에는 상어들이 바짝 따라붙고 있었다. 상어 떼가 여전히 노를 물고 늘어지는 바람에 노 끝은 톱니 모양으로 갈라져 조금씩 부서져 나갔다.

"신경 쓰지 마라! 계속 노를 저어라!"

그러나 노를 젓는 선원들은 안타까운 듯 외쳤다.

"하지만 선장님, 이놈들이 물어뜯을 때마다 노가 점점 짧아지고 있습니다. 노가 짧아지면 아무리 해도 보트가 앞으로 나아가질 않습니다."

"그래도 당분간은 버틸 것이다. 저어라! 그리고 모두 기운을 차려라! 놈이 가까워졌다. 내가 그쪽으로 갈 테다!"

두 명의 노잡이의 도움을 받아 에이허브 선장은 뱃머리로 나아갔다.

이윽고 보트는 한쪽으로 기울어지면서 모비 딕의 옆구리와 나란히 달리게 되었다. 그러자 이상하게도 모비 딕은 속도를 줄였다.

"지금이다!"

에이허브 선장은 이처럼 좋은 기회를 놓칠 수 없다는 듯 등을 활처럼 뒤로 굽히고 두 팔을 높이 뻗어 모비 딕을 향해 예리한 작살을 냅다 던졌다. 작살보다 더 날카로운 저주를 퍼부

209

으면서.

날카로운 작살은 고래의 눈에 정통으로 꽂혔다. 모비 딕은 몸을 옆으로 비틀며, 경련이 일어난 듯 옆구리를 돌리더니 가까이에 있던 보트 뱃머리를 힘껏 들이받았다. 순간, 보트는 뒤집힐 듯 기우뚱하다가 간신히 균형을 잡았다. 하지만 그 바람에 노잡이 중 두 사람은 간신히 보트 안에 굴러 떨어졌고, 불행하게도 다른 한 사람은 보트 뒤쪽으로 날아가 바다에 빠지고 말았다.

그 순간, 모비 딕은 재빨리 거세게 헤엄을 치기 시작했다. 그러자 고래에 꽂힌 작살에 연결된 밧줄이 팽팽한 힘을 견디지 못하고 공중에서 끊어지고 말았다.

"아직 문제없다. 어서 저어라, 저놈을 쫓아라!"

에이허브 선장의 고함 소리에 보트는 고래 뒤를 더욱 바짝 따랐다. 파도를 부수며 맹렬한 기세로 쫓아오는 보트를 보자 고래는 몸을 한 바퀴 휙 돌려 그 하얀 이마를 쑥 내밀고 덤벼들 태세를 보였다.

하지만 모비 딕은 그 때 뒤쪽에서 다가오는 거대한 피쿼드 호를 보고는 그쪽이 더 막강한 적이라 여겼는지 갑자기 몸을 휙 틀어 폭포수 같은 물보라를 일으키며 피쿼드 호를 향해 돌진했다.

"아, 엄청난 물보라 때문에 앞이 보이지 않는다. 하지만 나는 끝까지 돌격하고 싶다! 모두 놈을 쫓아라!"

모비 딕

에이허브 선장은 비틀거리며 한 손으로 이마를 두드렸다.

"선장님, 고, 고래가 본선을 향해 가고 있습니다!"

노잡이들이 부들부들 떨며 절규했다.

"노를 잡아라! 어서! 이것이 마지막 싸움이 될 것이다. 저 놈이 피쿼드 호를 덮치기 전에 내가 먼저 저놈을 없애야 한다. 어서 본선으로 가자! 배를 살려 내고 싶지 않은가?"

보트는 본선을 향해 필사적으로 나아갔다. 하지만 하필 이때 아까 모비 딕과 부딪쳤던 뱃머리의 판자 두 장이 떨어져 나가는 바람에 보트가 점점 가라앉기 시작했다. 선원들은 물바다가 된 보트 안에서 철퍽거리는 물을 퍼내고 물이 새는 곳을 막아야만 했다.

그 때 피쿼드 호 돛대 꼭대기에 있던 타시테고가 망치를 툭 떨어뜨렸다. 스타벅과 스텁 또한 아래쪽 망루에 서 있다가 타시테고와 거의 동시에 미친 듯이 다가오는 괴물을 보았다.

"고래다, 고래다! 키를 위쪽으로! 오, 하나님, 우리를 지켜 주소서. 에이허브 선장, 당신이 지금 무슨 일을 저질렀는지 아십니까? 앗, 키를 위쪽으로! 저놈이 이쪽을 향해 달려오고 있다!"

스타벅이 비명을 질렀다. 하지만 한쪽에서 스텁은 모든 걸 체념한 듯 넋두리를 늘어놓았다.

"저 고래란 놈이 허연 이를 드러내고 있구나. 나도 네놈에게 비웃음을 던진다! 해와 달과 별이여, 보라! 너희들에게 잔을 들 손이 있다면 함께 건배를 하고 싶구나. 에이허브 선장, 당신은 왜 도망치지 않았습니까? 아, 플라스크. 버찌, 버찌가 먹고 싶네. 죽기 전에 빨간 버찌 한 개만 먹었으면……."

플라스크가 비웃듯 말했다.

"버찌라고? 난 벚나무가 자라는 땅을 밟고 싶을 뿐이다! 불쌍한 어머니가 내 급료에서 약간이나마 돈을 찾아 놓았으면 좋으련만. 이것으로 항해도 끝장이니 이젠 어머니가 동전 한 푼도 받지 못할 게 아닌가."

선원들도 하던 일을 집어던지고 다가와 그들의 운명을 쥐고 있는 고래 모비 딕을 넋을 놓은 채 바라보았다.

모비 딕은 머리를 이상야릇하게 좌우로 흔들며 점점 돌진해 오고 있었다. 그 주변에는 물보라가 반원을 그리며 사방으로 퍼져 나갔다. 녀석의 모습은 인간의 힘으로 어쩔 수 없는 험악한 복수심에 가득 차 보였다.

마침내 모비 딕은 거대한 머리를 들어 피쿼드 호의 오른쪽 뱃머리를 향해 돌진했다. 사람들은 모두 자빠지고 배가 심하게 흔들리더니 뚫린 구멍으로 바닷물이 쏟아져 들어왔다.

"아, 우리 배가 거대한 죽음의 관이 되는구나!"

에이허브 선장은 보트에서 탄식했다.

고래는 가라앉는 배 밑으로 잠수하여 배를 떠받치고 있는 용골을 따라 몸을 흔들어 댔다. 그러더니 다시 한 번 뱃머리

왼쪽으로 모습을 드러냈다. 마침 에이허브 선장의 보트와 불과 몇 미터 떨어지지 않은 곳이었다. 에이허브 선장과 모비 딕의 피할 수 없는 마지막 대결이 이루어지는 순간이었다.

"오, 모든 걸 파괴하고도 정복할 능력이 없는 고래여! 나는 네놈과 끝까지 맞붙어 지옥의 한가운데에서 너의 마지막 숨통을 끊어 놓겠다! 네 죽음 앞에는 관도 필요치 않다. 저주받은 고래여, 이 때까지 내 인생은 보이지 않는 네놈의 밧줄에 묶인 채 네놈을 추적하느라 산산조각이 났다. 자, 이제 나의 마지막 작살을 받아라!"

마침내 에이허브 선장의 저주스러운 작살이 던져졌다. 작살을 맞은 고래는 나는 듯 앞쪽으로 미끄러져 갔다. 작살 밧줄은 풀려서 뱃머리에 뒤얽혔다. 에이허브 선장은 몸을 굽혀 그걸 멋지게 풀어 냈다. 하지만 밧줄의 고리가 허공으로 튀어 올라 원을 그리며 그의 목을 휘감았다. 선장은 선원들이 그가 없어진 것을 알아채기도 전에 보트에서 내동댕이쳐져 바다로 떨어졌다.

순간, 선원들은 얼이 빠져 말뚝처럼 꼼짝하지 않고 서 있다가 뒤를 돌아보며 부르짖었다.

"오, 신이여. 배는, 배는 어디로 갔습니까?"

피쿼드 호가 비스듬히 기울어진 채 자욱한 안개 속에서 신기루처럼 서서히 가라앉고 있었다. 가장 높은 돛대만이 물 위에 나와 있었다. 그 세 개의 돛대 위, 세 명의 이교도 작살잡

모비 딕

이는 마치 못이 박힌 듯, 혹은 끝까지 자신의 임무에 충실하려는 듯 꼼짝도 않고 가라앉는 돛대 위에 올라앉아 바다를 지켜 보고 있었다.

이윽고 바다는 소용돌이 속에 떠도는 보트, 모든 선원들, 노, 작살 등 생명이 있는 것과 없는 것 모두를 삼켜 버렸다. 그것은 하나의 소용돌이에 휩쓸려 계속 돌고 있었다. 피쿼드호의 단 한 조각의 판자까지도 모두 삼켜 버린 것이다.

죽음의 바다 위에 바닷새들만이 날개를 펼친 채 맴돌고 있었다. 넓디넓은 바다는 수많은 죽음을 끌어안은 채 여느 때처럼 무심히 물결치고 있었다.

그 후 이야기

모든 것이 그렇게 끝났다. 마치 연극이 끝나듯이. 그렇다면 이 모비 딕의 이야기는 누가 사람들에게 전해 주었을까?

죽음의 바다에서는 오직 단 한 사람이 살아 남았다. 배화교 도인 패들러가 실종된 후 운명의 이끌림이었는지 그 자리를 대신 맡은 건 바로 나, 이스마엘이었다.

마지막 날, 뒤흔들린 보트에서 세 사람의 노잡이가 내동댕 이쳐졌을 때 보트 뒤쪽으로 날아가 바다에 빠진 사람이 바로 나였다. 그 때문에 보트에 돌아가지 못하고 물 위를 떠돌면서 그 후에 일어난 참혹한 현장을 보게 된 것이었다.

나 역시 본선인 피쿼드 호가 침몰하면서 생긴 소용돌이 속 으로 빨려들어갔었다. 하지만 물의 힘이 약해질 무렵 나는 다시 물 위로 솟구쳐 올랐다. 그 때 마침 내가 살아날 운명이었던 걸까? 내 친구 야만인, 퀴퀘그의 관이 내 곁으로 떠내려온 것이다. 나는 그 관을 부표로 삼고서 거의 하룻동안 장송곡을 부르고 있는 듯한 바다 위를 떠돌았다. 그 때쯤엔 상어 떼도 입에 자물쇠를 채운 듯 나를 해치려 하지 않고 조용히 미끄러져 갔으며, 흉악한 바다독수리도 주둥이에 칼집을 채운 듯 조용히 날아다녔다.

표류를 한 지 이틀째 되는 날이었다. 지나가던 배가 나를 발견하여 목숨을 건질 수 있었다. 내 생명을 건져 준 그 배는 바로 잃어버린 아들을 찾아서 그 때까지 떠돌고 있던 레이첼 호였다. 그 배는 바다를 이리저리 떠돌다가 결국 또 다른 불쌍한 아들 한 사람을 발견한 것이다.

그 후 이야기

작가와 작품에 대하여

바다 그리고 고래잡이와 함께한 생애와 작품 세계

19세기 미국 낭만주의 문학의 대표자로
일컬어지는 허먼 멜빌(Herman Melville)은
1819년 8월 1일 부유한 명문 가문 출신의
부모님 사이에서 태어났다. 그러나 행복했던
그의 어린 시절은 멜빌이 열세 살 되던 해
아버지가 사업 실패의 충격으로 갑작스레 세상을
떠나면서 어두운 그림자가 덮였다.

앨버니로 이사를 한 멜빌은 어려운 형편에 학교까지 그만둬야
했다. 그는 이 일을 매우 안타깝게 여겼다. 훗날 그가 "만약
내가 죽은 다음에 훌륭한 글을 남길 수 있다면 그 영광과
명예는 모두 고래잡이 덕택이다. 포경선이야말로 나의 예일
대학이요, 하버드 대학이다."라고 말한 것만 봐도 그가 얼마나
학업에의 열망이 컸는지를 짐작할 수 있다.

스무 살이 된 멜빌은 영국 리버풀로 떠나는 센트 로렌스 호
선원으로 취직을 하였다. 이 때 난생 처음 겪은 선원 생활은
멜빌에게 새로운 충격이었다. 영국에서 돌아온 멜빌은 이번에는
당시 포경업의 중심 항구였던 뉴베드퍼드에서 포경선
아쿠시네트 호를 타고 남태평양으로 출발한다. 하지만 거친
파도와 함께 망망대해에서 오랫동안 지내야 하는 포경선 생활은
낭만적인 것과는 거리가 먼 매우 힘든 나날이었다. 결국 멜빌은
육지를 떠난 지 1년 반 만에 배가 마케사스 군도의 한 섬에

정박하자 그 틈을 노려 동료 선원과 함께 도망치기에 이른다. 그러나 이들이 도망쳐 간 곳은 식인종이 사는 곳으로, 멜빌과 동료는 그 곳에서 한 달 정도 포로처럼 갇혀 살다가 마침 그 곳에 정박한 루시 앤 호에 의해 구출된다.

그 후 멜빌은 타이피 부근의 여러 섬을 떠돌며 남태평양 원주민들이 살아가는 모습을 가까이에서 체험할 수 있었다. 이 때 멜빌은 그 곳을 찾은 백인 기독교 선교사들이 원주민들의 순수한 삶을 오히려 망쳐 놓는 모습을 보며 매우 안타까워했다. 이런 멜빌의 생각은 훗날 그의 작품 곳곳에서 기독교에 대한 저항 의식으로 나타났다.

그 후 멜빌은 낸터키트에서 포경선 작살잡이로 항해를 나갔다가 해고를 당하고, 해군 전함 '미합중국'의 수병으로 지원을 하여 보스턴으로 돌아오게 된다.

멜빌은 무역선, 고래잡이 배, 수군에서 일하던 경험과 모험 의식, 자유 분방한 상상력을 살려 소설 〈타이피 족〉을 출판한다. 그리고 뒤이어 백인들이 원주민들의 생활을 얼마나 타락시키는가를 다룬 〈오무〉를 발표한다. 그 후에는 선원 생활의 경험을 살려 〈레드번〉을, 군함에서 지낸 경험을 담은 〈하얀 재킷〉을 발표하며 차차 이름을 알렸다.

첫 작품인 〈타이피 족〉과 〈오무〉의 호평으로 멜빌은 경제적 어려움에서 어느 정도 벗어날 수 있었다. 그리하여 1847년에는 대법관의 딸인 엘리자베스와 결혼하고 가족과 함께 뉴욕으로 이주를 한다.

그 후 멜빌은 뉴욕을 떠나 매사추세츠 주의 애로우헤드 농장으로 이사를 가 그의 최대 야심작인 〈모비 딕(백경)〉을 쓰기 시작했다. 고래와 고래잡이에 관한 치밀한 자료를 수집하고 1년에 걸쳐 집필한 〈모비 딕〉은 마침내 1851년에 완성되어 미국에서 출간되었다.

그 당시 애로우헤드에는 당대의 대가이며 〈주홍 글씨〉의 작가인 나사니엘 호손이 살고 있었다. 31세의 풋내기 작가였던 멜빌은 46세에 이미 대가가 된 그를 존경하여 늘 문학적 조언을 구했을 뿐 아니라 〈모비 딕〉이 나오자마자 그 책을 호손에게 바쳤다고 한다.

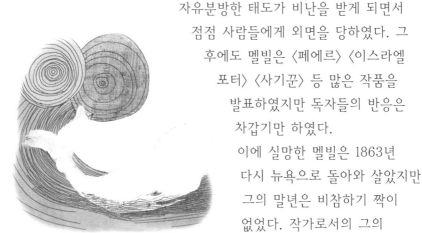

〈모비 딕〉은 처음에는 순조롭게 팔렸으나 기독교에 대한 멜빌의 자유분방한 태도가 비난을 받게 되면서 점점 사람들에게 외면을 당하였다. 그 후에도 멜빌은 〈페에르〉 〈이스라엘 포터〉 〈사기꾼〉 등 많은 작품을 발표하였지만 독자들의 반응은 차갑기만 하였다.

이에 실망한 멜빌은 1863년 다시 뉴욕으로 돌아와 살았지만 그의 말년은 비참하기 짝이 없었다. 작가로서의 그의

이름은 사람들 사이에서 아예 잊혀진
것이다. 멜빌은 1891년 9월 28일 심장
발작으로 세상을 떠나고 말았다.

<모비 딕>의 화려한 부활

쓸쓸하게 세상을 떠난 멜빌이 다시 사람들 사이에 살아난 건
1919년 그의 탄생 100주년이 되는 해였다. 잊혀졌던 멜빌을
되살려 낸 사람은 레이먼드 위버라는 평론가였다.
그는 <민족>이라는 잡지에 허먼 멜빌 탄생 100주년을 기리는
글을 발표하면서 <모비 딕>이야말로 미국 문학사에서 가장
중요한 위치를 차지할 놀라운 걸작이라고 극찬하였다. 그리고
2년 뒤 <허먼 멜빌 — 선원 그리고 신비주의자>라는 전기를
발표하여 사람들에게 잊혀졌던 멜빌을 위대한 작가로 오롯이
일깨워 놓았다.
서머셋 모음이 '세계의 10대 소설' 가운데 하나로도 꼽은
<모비 딕>은 미국에서 가장 많이 읽히는 작품 중 하나이며,
멜빌은 문학적 연구 대상으로 가장 자주 토론되고 찬양받는
소설가 중 한 사람이 되었다.
<모비 딕>은 에이허브 선장의 무서운 집념과 복수를 다룬
것으로 보이지만 결국 눈에 보이지 않는 선과 악 그리고
인간의 존엄성에 관한 문제를 누구보다 깊이 파헤친 걸작으로
평가되고 있다.

프리미엄 세계 명작

 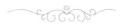

원작 허먼 멜빌(1819~1891)

현대 상징주의 문학을 대표하는 작가.
고도의 상징과 통찰력이 돋보이는 작품들을 썼다.
<모비 딕>은 그의 대표적인 작품으로 거친 바다에 뛰어든 사나이들의 힘찬 모험을 그렸다.
<타이피 족> <마디> <하얀 재킷> <클라렐> 등의 작품이 있다.

엮은이 이규희

충남 천안 출생. 성균관 대학교 사서 교육원 졸업.
1978년 <중앙 일보> 소년 중앙 문학상에 동화 '연꽃등' 당선.
한국 아동 문학인 협회, 한국 문인 협회, 펜 클럽 회원.
한국 동화 문학상, 한국 아동 문학상, 세종 아동 문학상 수상.
지은 책으로는 <대장이 된 복실이> <뾰족 지붕 아이들> <아빠 나무> <참 이상한 달리기>
<달팽이는 이제 울지 않아요> <깔끔이 아저씨> <왕비의 붉은 치마> 등이 있다.

모비 딕

2010년 6월 20일 초판 1쇄 발행
2023년 8월 30일 중쇄 발행

원 작	허먼 멜빌
엮 은 이	이규희
그 린 이	유승옥
펴 낸 이	김병준
펴 낸 곳	(주) **지경사**
주 소	서울특별시 강남구 논현로 71길 12
전 화	02)557-6351(대표) 02)557-6352(팩스)
등 록	제10-98호(1978. 11. 12)

© (주)지경사, 2010 Printed in Korea.

ISBN 978-89-319-3429-8 73840

＊잘못 만들어진 책은 구입하신 곳에서 바꾸어 드립니다.